〔日〕浅田次郎◎著

七语◎译

夕映え天使

晚霞映天使

江苏凤凰文艺出版社
JIANGSU PHOENIX LITERATURE AND
ART PUBLISHING

晚霞中的天使，

飞舞在日暮迟迟的冬日寒空，

永不消逝。

夕
映
え
天
使

目录

夕映え天使

*

晚霞映天使

*

这个年过得如此乏味，并非因为老爹在这一年里明显地衰老，也绝不是因为一郎过了这一年就迈入了五十岁这个颇有些尴尬的年纪。

只不过是因为去年太过热闹而已。

"再喝点吗？"

一郎躺在被炉旁边，看着电视里毫无生趣的节目，踢了一下老爹的脚。这一年，老爹的耳朵背了不少。和他说话的时候，踢他一下或者碰他一下，他会出人意料地听得清楚。说是耳背，其实就是脑子迟钝了吧。

"倒点凉的就行。"

老爹看着报纸说道。

"给你温一下吧。"

"不用，凉的就行。"

一郎不假思索地嘟囔着起身了。不管做什么事，他嘴里总要发出些声音，也不知道是什么毛病。

　　两个没了老婆的男人住在一栋一层是三十三平方米的店铺，二层有两间能放六张榻榻米，还带厨房的小楼里。一郎从出生就住在这儿，房子自然已经很老旧了。从外面一眼看去，这房子紧贴着隔壁的洗衣店。再仔细分辨，才发现洗衣店也是紧挨着旁边那家裁缝铺的，这几家谁都没办法抱怨。

　　"吃炒饭吗？"

　　一郎从厨房的柜子里拿出酒瓶，对二楼的老爹喊道。

　　"啥？"

　　"我问你吃不吃炒饭！"

　　"不要！"

　　一郎翻着炒锅，想做点自己吃，却总觉得有一丝冷清。

　　店虽然有些年头，但打扫得干干净净。吧台旁边并排摆放着八张圆椅。除了吧台前的横案，店里没有其他的餐桌，而是设了一间足够十个人小聚的雅间。

　　一郎望向收起了坐垫，餐桌也收立起来的雅间。突然觉得纯子就站在那里。

　　"还是给你把酒温一下吧。"

"随便，怎么都行。"

那人到底是谁？一郎想着。不，从他见到纯子开始就一直在思索这个问题。

勾型吧台最靠边的位子上，纯子将拉面汤一滴不剩地喝下，看着其他的食客饭饱离开，思忖过后说道：

"请问，可以让我在这打工吗？管住就行。"

这人到底怎么想的。一郎回过头和老爹四目相觑。

且不说现如今市场不景气，单纯的一个四十岁的女人突然说出这种话，想必也是很迫不得已吧。定是已经走投无路了。

"不好意思，我们这人手足够了。"

一郎断然回绝。可这个女人竟转向开始刷碗的老爹，再次恳求道：

"一小段时间就可以，我不会给你们惹麻烦的。"

"一段时间是多长时间啊？"

一郎对老爹如此回应感到有些慌神，碰了碰他穿着白褂的背。

"不行，爸，你想啥呢？"

"你咋这样，人家这么说就是已经没辙了呗。要是跑到旁边跳了铁轨咋办！你这是造孽啊！"

　　一郎心里清楚，老爹才不关心积德还是造孽，他只是想要一个儿媳妇。"这种时候你是真不行，还是脑子有病，哪能把自己送上门的鸽子再放飞了！"恐怕这才是他的心里话。

　　"我们这没啥工钱。倒是能包你一天三顿饭。住的话，家里没有空房，你就睡那边吧。"

　　女人顺着老爹的视线望去，看到了一个铺着席子的细长条隔间。然后像孩子一般从吧台的座椅上滑下来，开始收拾午休时食客凌乱的盘盘碗碗。

　　"这不成啊，人家什么情况你都不知道。"

　　"有啥不行的，助人为乐嘛。"

　　从那天起，纯子就成了昭和轩里有些超龄的招牌女服务员。

　　附近这一带凋敝的现状已经不是什么三言两语就能描绘的小事了。商业街的繁华也早已是二十多年前的景象。现在在这里居住的人，还不到曾经的一半。那些曾经市值飙升的土地，如今也早没了涨幅，不是改造成了狭小的投币停车位，就是荒废到像被虫子蛀过。昭和轩的顾客，还有那些铸造厂的老职工们大多都会在午饭时间过来，所以连外卖电话都极少能接到。若说有什么看不过眼的食客，也就是那些隅田川上的流浪汉了，对他们，就算再嫌弃也会有些恻隐之心。

商会也自然而然地解散了。所有的店面都无法维持，后继无人也是毫无办法的。这块地皮本来就是没露过面的正主用近乎白给的价格拿到的不合理的借地权，现在这个情形，把地卖了，拿了钱跑路也是意料之中的事。

母亲在洗碗的时候突然倒地离世，一郎和上野舞厅的女郎频繁幽会也都是在那个时候。

母亲是寿终正寝，就算心里难受也认了。可订了婚的女朋友跟别人跑了，自称是自己兄长的黑道恶棍又抢走了母亲丧葬的随礼金，这些事都发生在同一个星期之内，一郎至今都无法释怀。

那之后，光棍爷儿俩也无暇思索这样的生活是否过于惨淡，是习惯了也好，别无他法也罢，总之，在不知不觉间就过了二十个年头。

前年夏天，纯子来了，过了年又离开了。在昭和轩做服务员也就将将半年的时间。

纯子走的时候没有留言，也没有一句话。大年初三一过，一郎慵懒地下楼准备开门迎客，才发现整个屋子空落落的。厨房被整理得洁净无尘，印着昭和轩标志的门帘、壁橱里的床单和枕巾也都被浆洗过了。

那半年里，纯子勤恳地工作，仿佛初夏时节河边的焰火一般，笑容灿烂，谈吐轻盈。

说她像焰火，是老爹的看法。因为烟花绽放的时候绚烂夺目，而消散的时候又干脆彻底。这个比方是很贴切，可消散得太过彻底。即便是已经过了一年，眼下的日子也还是会像烟花散开后的夜空一般，总觉得偶尔还会在某个地方有些响动，根本不会想到它已经结束了。当一郎开始在厨房忙活的时候，总有幻觉，纯子会包着白色的三角巾，穿着围裙从坐垫旁的柱子后面走出来说："早上好！"

烫好了酒。

一郎捏着酒嗉子的瓶口上了二楼。那里再不会有纯子帮老爹揉肩的画面。凌乱的房间，灰暗的气氛与去年正月相比真是天差地别。

"你是不是说啥了？"

老爹拿起便利店买来的现成年货说道。

"你听错了，我什么都没说。真是的，说了的你听不见，没说的倒是听到了。真是！"

"不是那回事……"

老爹给一郎的酒杯里倒上酒，欲言又止。

"那是哪回事？"

"糟心。你是不是说啥没边的话了，惹得她不高兴了。"

"纯子"这个名字已经成了这个家里的禁忌。

"这都一年多之前的事了，现在再问说没说什么，你这也太不现实了。"

"啊？去年的事了？我老觉得是昨天的事呢。"

也不能说他老年痴呆吧，纯子离开到底是去年正月还是昨天，一郎都要稍微想一下。

"没错，就是去年。我什么都没说，是您说什么了吧？"

"我应该也没说什么过分的话吧。"

在这一年时间里，这样的问答已经重复了不知多少次。一郎决定，就要在今天这个日子，把这根卡在咽喉里的刺拔出来。

"那个，爸！有些话我不想问，但是现在不想问也要问，有些你不觉得是什么没影的、过分的话，但是对她来讲可能就是特别难听的话。欸！你听我说了吗？爸！"

老爹有的时候是会走神，但一郎也知道，有的时候他只是假装在走神。

"啊，你说什么？"

"别装糊涂！你是不是骚扰人家了？每天晚上让人家给你揉肩，顺便摸人家屁股是吧？"

"那个，我骚扰谁了？"

妈的！一郎瞪着老爹那张笑得像弥勒佛一样的脸。老爹一直笑脸迎人操持着这家小店，但现在，这种乐呵无疑让人愤怒至极。

"我不问第二遍。你就老老实实地回答我一回。你要不说实话将来我就不给你送葬。你知道吗，现在时兴自然葬，人死了往那一放就不管了。"

"挺高级的。要扔着不管也别扔这边，给我放永代桥。我还能看看烟花。"

"信不信我宰了你！"

老爹没再贫嘴。一郎平静了一下，满了杯酒，觉得对八十三岁的父亲说出这种话确实过分了。

"不孝子！你到底要说啥！我不生气，你说！"

突然，老爹摘下了一直架在鼻梁上的老花镜，合上了眼睛。这还是在母亲的葬礼过后第一次看到老爹落泪。一郎懊悔，其实不该这么逼问老爹。

"我，求她了。"

"求她什么事？"

"这种事，就算你不让说，她应该也明白。"

没有让老爹去说的必要。但一郎想知道，老爹说没说过。

"你想碰碰运气，结果碰钉子了吧。"

"嗯。"老爹哭着点了点头。

"要我说，她有什么不好说出口的，你还不好意思吗？你俩都不是挑三拣四的岁数了，我觉得也没什么不同意的吧。她不还坐那边哭了吗？"

老爹指着被炉的另一侧。一郎望过去，去年过年的时候他和纯子确实在那儿紧靠肩膀而坐。

"就算她哭了，也还是拒绝的吧。"

"嗯。"老爹又一次点头。

"还说了一百次谢谢。"

"怎么可能说一百次！"

"那说了也得有十次！我总觉得她这话的意思是认同的。要是当时你没去游戏厅的话，就能直接跟她说清楚让她同意了。"

"你傻啊！那你为什么不说？我又没问过她！"

"你打游戏打到人家关门才回来，就是你不对。"

一郎沉浸在柏青哥游戏里直到人家打烊才得意而归的那天夜里，纯子一直裹着被子坐在店里的坐垫上，老爹在被炉旁鼾声大起。纯子的离去，就是在次日的清晨。

"一郎，你不是混蛋，但是不管咋说，你都是赶不上对的时候的倒霉鬼。你妈走的时候，你也是正好在打游戏吧。"

"别说那些没用的！跟我在不在没关系。老妈走的时候我差点被人翻盘了，所以才没在。纯子这事，我当时往钱箱里塞钱都快塞烦了，所以根本就不是我的问题，是你的问题。就是你说话口气不好。"

"别强词夺理。那我问你，她为啥说谢谢。说了不知道多少遍谢谢，不可能是我说话口气不好！"

"我说！爸！"

这样打嘴仗也是无益，但一郎不想在口头上输给老爹。

"就算我耗到游戏厅关门，这年头儿的服务员也会把钱箱给我清点好，走的时候还会跟我说谢谢。谢谢就是个场面话，听听就得了，知道吗？跟人家说嫁到这个全是光棍，有今天没明天的中餐馆来，人家说谢谢其实不就是打定了说抱歉的意思吗？"

老爹拿抹布擦了下鼻涕，自顾自地嘀咕了一句"他妈的"。

"就算是，她也挺不错的啊。要是她的话，你妈应该也会中意的。哦对，人家都说抱歉了。"

嘴上虽然占了上风，但是总觉得像是被老爹说服了。一郎把腿伸进被炉。"算了吧，结婚的话就是把人家拴住了。"

"不许去夜总会！"

这句话是致命的。老爹关上了电视。

从大年夜到现在这三天里，爷俩连被褥都没铺，一直睡在被炉边。本打算一直歇业到大年初七，但这样反而对身体不好。一郎想着明天就开门营业，管它有没有客人来。

夜里，一郎梦到自己和纯子去看烟花。两个人一起出门，前前后后算起来也就只有初夏河边的焰火大会那一次而已。

"妈的，这才几点钟！"

电话铃声响个不停，一郎伴随着怒火起身。看了眼时间，已经上午九点了，跑下楼梯的时候，旁边铸件工厂的汽笛声也响起来了。说来，这也不能怪别人打来电话，还是因为俩人想着一直到大年初四，早上都在懒觉中度过的缘故。

店里这个电话还是母亲身强力壮的时候装的，粉色的。现在多半时间都没什么用，只有在那些外出务工的人来打长途电话的时候，才能给老爹换来点烟草钱。

"您好，昭和轩。"

这个时间应该没有叫外卖的吧，一郎盘算着，可能是背着老爹借钱的债主来催债了吧。

然而，电话那头的声音却报出了令人意想不到的名字。

"春节期间惊扰您了，这里是长野县轻井泽警署。"

报出这个名号的警官也确实带着一股打扰到别人的歉意的语气，继续有礼貌地说着。

"是这样的，我们想就去年11月30日发现的身份不明人士向您做一个询问。确实已经过了很长一段时间了，我们很惭愧，对其身份的辨认结果也是在年末才出的。在其所持物品中，我们发现了贵店的火柴。"

说什么惊扰，刚开年就说点没边的事挑起话题。对身份不明人士也不是"保护"，而是"发现"，到底是怎么个状况警方应该已经有头绪了吧。

"这个，确实挺惊扰的。而且，如果带着我们家的火柴，当时就打电话过来应该更好吧，有什么理由要等到大年初四呢？"

一郎拿起电话旁边的火柴盒，不耐烦地瞥了一眼。以前每年都有好多人要火柴，最近这些东西一点都没少，大部分都受潮了。

"是这样的，我们发现得比较迟，衣服口袋里的火柴盒已经有些腐了，识别出来也花费了一些时间。"

编瞎话的吧。肯定是年底忙乱就放着不管了，先按自杀或者饥寒交迫死在路边的情况做个推论，过了年再开始着手调查。

"哦，这样啊。但是啊，我们家从上一辈开始开店也有五十多年了，跟我说偏巧有人带着我家的火柴，我一时也挺摸不着头脑的。"

"确实是的。我们也没有发现其他可以查访其身份的物品，想着这会不会是您家的熟客，确实是冒昧之举，但还是想联系您一下。"

一郎从警官的口气里并没有感受到认真的态度。这不是什么事件，也不是什么事故，就是给人添麻烦。

然而一转念想到了偶尔来店里的隅田川的流浪汉，就算极力不愿和相关人士扯上关系，还是没法装作什么都没察觉到的样子。

"熟客倒是说不上，这一带倒是有好多奇怪的大叔。"

"不不不，不是大叔，年龄推断是三十五岁到四十岁之间的女性，身材娇小……"

一郎停住了呼吸。不假思索地捂住了听筒，转过身看到老爹正披着棉袍坐在楼梯上。

"身高大概一米五，可以说是没有随身物品。衣着方面……"

电话里传来翻阅资料的声音。老爹面露不安，叼起烟，烦躁地划着了受潮的火柴。嘴里嘟囔了一句"他妈的！"

"纯绀色的毛衣配牛仔裤，白色毛领羽绒服，鞋子是运动鞋。"

"那头发呢？"

一郎问道。

"大概是齐肩的长度。"

这个回答让一郎稍稍松了口气。但是话又说回来，像小孩子一样的短发造型，还是一年以前的事。

"我马上过去。"

听到这句话，老爹突然瞪大了眼睛。

"您不必麻烦，我们登门拜访就可以了。"

"我心里头有点眉目了。倒不是什么熟客，但可能是我认识的人。"

一郎说话的声音都有些变了调。老爹站起身走到一郎身边，耳朵贴近听筒。

"总之，我现在就过去。"

警官说他们所在的警局距离新干线轻井泽站不远，但那距离靠步行也是很难走到的。

挂了电话，一郎推开老爹，跑上了楼。

"是那谁吧，她到底咋了？"

老爹的声音追了过来。不是老爹突然不傻了，恐怕是他痴呆的脑子里全是纯子的影子吧。这么一想，一郎也不得不扯谎了。

"是在轻井泽，高中的朋友出车祸了，已经神志不清了，我要马上过去。"

情急之下说的谎话显得很拙劣，但似乎起到了让老爹放心的效果。

"是吗，刚一开年就不让人消停。"

"事关生死，没办法啊。"

"轻井泽真是乱啊，那边都是有钱人的别墅吧，怎么又出这种事。"

"我哪知道，我先去一趟。"

"晚上就不回来了吧？"

一郎想着，就身上这一身怕是不行，又套上了一件纯色毛衣。这还是前年圣诞节老爹送给自己的礼物，和纯子的是同一款。老爹说是顺便也给一郎买了一件，其实就是有说不出口的事想借着送礼的由头让人家心里有个数。

"当天就回。反正也不是什么太亲的关系，是死是活今天都回来。"

"轻井泽啊，小子，那可是信州地区了吧。"

"坐新干线一眨眼就到了，知道吗老爹，现在日本国内没有一天之内不能来回的地方了。"

"啊？是吗？"

"我打算明天开门做生意，天天喝酒对身体不好。"

收拾妥当，一郎对着佛龛双手合十，心中默念"佛祖保佑，一定是搞错了"。佛龛上照片里母亲年轻时的样子和临终时判若两人，这张照片给了一郎莫大的鼓舞。

或许，是因为拍这张照片时的母亲，和纯子差不多年岁吧。

正月的新干线，满是归乡的旅客和去滑雪的游客。无号席已经没有了位置，一郎只好在连廊站着，好在到轻井泽最多也就一个小时。

本想预测一下赛马的结果，翻开了体育报纸，眼睛却没有停留在字上。

一郎靠在列车门上，望着深灰色的天空。玻璃上倒映出的面容，老得连他自己都不愿相信。秃顶的前额，头上所剩的几缕头发也几乎全白了。这副鬼样子跟别人说一辈子在一起，能接受还回复说谢谢的女人，怕是不存在的。思来想去，纯子从昭和轩消失应该都是因为老爹的强人之请。

一郎拉了拉毛衣的领子，盖住了松弛的两颊。就算抛开这件纯色的毛衣不说，那件毛领羽绒服也是不容置疑的证据。

为什么自己没在老爹瞎搅和之前把话说明白呢，一郎悔不当初。从开始上班起，纯子的性子一直都很好，这是自己心知肚明的。自己虽然不是什么风华正茂的年纪，身材又臃肿，但那半年里，纯子一直都是幸福满满的样子，这一点也是肯定的。

俩人一起去看初夏河边的焰火大会回来，在卖关东煮的小摊边，一郎对纯子发起了牢骚。

二十年前，一个星期里未婚妻跑了。这恐怕是设计好的美人计。从那之后，自己就害怕女人了，别人介绍的对象也陆续都拒绝了。就算这样，这把年纪了，可能的话还是想让老爹省点心。大概也就说过这些。

本来，收留纯子之后没过多久，一郎也在盘算着能不能成的先试一试。

那个时候要是能听听纯子说说她自己的事该多好。为什么她提着一个小包，到一个落魄的中餐馆请求收留。只要问出了这些事情，不管纯子喜不喜欢，她都得留下来吧。而且，这些事到底有多难，自己也能做好对纯子后半生负责的心理准备。

纯子是个温柔的女人，从不说自己的事，却把一郎的不幸当作自己的事情来听，也为一郎流泪。

"老板，你能跟我说这些，谢谢你，好事总会有的，老天爷不是那么不公平的。"

然而，一郎连说"好了，该你说说你的事了"的精神都没有。或许是因为感受到了女人对自己的温柔就心满意足了。又或者，是根本没有把这个什么都不知道又不明前路的女人放在眼里吧。

花川户的店面都在盼初夏的顾客，纯子去店里买鞋。店员和一郎都建议她买适合出门的皮革鞋，但纯子买的，还是店门口小货筐里的廉价运动鞋。虽说便宜，但纯子连纸袋都没有要，回去的一路上，一直都如获至宝似的笑着把鞋抱在胸前。

想来，不管是纯子，还是她的姓氏铃木，都是假的吧。铃木纯子，越怀疑这是假名，就越觉得像是随口编出来的名字。

然而结果却是一郎和老爹都没有勇气问纯子真正的名字。或许幸福的时光越多，就越害怕纯子其实不是纯子。

只有一次，老爹不知道是借着什么由头问了一下纯子的老家。当时纯子回答说"札幌"，想来也是随口说的。

大家心知肚明这就是个蒙混过关的答复。老爹看着电视里的旅行节目，嘟囔了一句："死之前一定得去一次北海道。"一郎回答"我也没去过"的时候，纯子在一旁听着，顺便沏了茶。这么看来，虽然老爹问了纯子的老家，但纯子答复的却是让人没办法再继续追问的地方。

纯子絮叨自己的事的时候，不刨根问底是老爹和一郎默认的共识。总之，不能让纯子别扭，不能让她觉得在这个家里待不下去。让大家能继续住在一个屋檐下，是光棍俩从未宣之于口的基本方针。

寒凄凄的街景从车窗飞逝而过。过了大宫，枯黄的田园才终于铺陈开了。许久不出门，田地竟然已经退到这么远的地界了。

一郎还清楚地记得买毛领白羽绒服那天的情形。假装去游戏厅，然后去浅草挑礼物。浅草寺商品街的货虽然便宜，但是太土气。松屋的名牌店里，又都是些让人疑惑他们是不是把价格多标了一位数的高级货。一郎盘算着以后在游戏厅里把钱赢回来，就把这件高档羽绒服买下了。

"不说啥Happy Birthday了，就用福利代替了！"

那晚，纯子拆开礼物包装的时候，登时就流下了眼泪。虽然一郎搞错了尺码，袖子长到把指尖都包起来了，但当他说要拿回去换的时候，纯子却像被人抢了玩具的小孩子一样拒绝了。

然而，一郎从没有见到过纯子穿这件衣服的样子。送餐的时候、去澡堂的时候，纯子穿的都是一郎母亲的旧运动服。她不是不喜欢，只是太过珍惜。

列车应该已经驶离了关东平野，开始向上信国境上行而去。每次进入隧道，一郎都会盯着车窗映照出的那张不堪的脸，无数次地叹息着生命。

轻井泽车站正飘着小雪。

一郎以前确实是来过一次，应该是和中学时期的滑冰班一起来的吧。对这里的景色倒是没有留下任何记忆。要是没有这档子事，怕是要和这片土地永远绝缘了。

本打算叫辆出租车，但一郎看到了自行车租赁店的招牌。按警官说的来看，也不算远，打车去费用可能会出乎意料得多。走到公交站问乘车方向又很麻烦。

但这些都不能成为租自行车的理由。一郎一边无精打采地走在转盘上，一边觉得自己突然冒出来的这个想法很奇怪。其实，就是不想去。并不是因为确信会有不好的结果，只是身体不听大脑的使唤，本能地抗拒。

还有，一郎想，蹬一会儿自行车，或许可以让心沉下来。新干线上的一个小时太短，根本没能做好思想准备。

没有驾照，一郎随身携带的只有健康保险证。没想到除了就医和贷款，这个证还能有别的用途。按照保险证上的提示，一郎交了一千日元的租金。店员耐心地把去警察局的路线告诉了他。

"一路都是沿着国道走，很好记，但是回来的时候就变成上坡了，会很累的啊。"店员一本正经地说道。

一郎一骑上去就后悔了。从浅间山吹来的风打透了身上廉价的外套，攥着车把的手也冻僵了。虽没下雪，但这高原的道路已经冻住，一路下坡，半点都不能走神。

身子一动，大脑也跟着动，瞬间就打定了主意。

要是搞错了人，那是再好不过的，只当是白扔了车费。

如果真的是纯子——只在店里打了半年工，连身份都没搞清楚的女人。那就把自己当作热心的协助办案者，而不是什么有特殊关系的人。

这绝对算不上是欺瞒吧。不是冷酷无情，也不是卑鄙无耻。纯子想当昭和轩的老板娘，这是肯定的，只要一想到这里，一郎就感到自己一点都没有肩负起必须要承担的责任。

总之，眼下不管是为了老爹，还是为了糊口的昭和轩，都不得不把自己作为善意的第三者的姿态进行到底。

车轮正在国道漫长的下坡路上转动着，突然，冬日寒空的云被风吹散了，视线里露出了沐浴着午后阳光的浅间山。

警察局的时髦设计与当地的情况相得益彰，玄关那里站着一个衣品不怎么样的男人，嘴里正叼着烟。

说他衣品差，是因为他黑色的棉绒衣上围着一条白围巾，手腕上套着一条金色的手链和一块劳力士手表，有必要搞得这么金光闪闪吗？肩上还披搭着一件皮革长款大衣。

有那么一瞬间，两个人的眼神撞在了一起。一郎想着，反正是在警察局门口，没什么可怕的，定了定神也打算抽根烟。这个男人既然在外面的向阳地抽烟，也就说明警察局里是禁烟的。

一郎刚把烟叼在嘴上，那个男人就打着了金色的打火机把手伸了过来。

"哦，多谢。"

不清楚这家伙的实际年龄，看着比一郎小几岁。但是那张懒散发福的脸却带着些威严，剃得甚短的头发还染成了金色。

"老兄，你该不会就是那个在东京开拉面店的吧？"

问得太突然，一郎"嗯"地答了一句。

"您是警察？"

"咋个可能，和老兄你一样都是受害人。"

男人的关西腔让人很是恼火。但转念一想，这里是警察局门口，一郎也改了口气。

"说什么呢，什么受害人，我可是热心的第三者。"

026

"哦，照这么说，那我也是。说着怪不好听的，你别介意，我也是热心的第三者。"

男人递过了名片。当然，一郎是没有这种上等货的。

"你不要搞误会了，名片上写着京阪兴业看着挺厉害的，其实咱就是个拉面店的小老板。警察见了咱都皱眉，咱没前科的，就是面相凶而已。"

"拉面……店？"

"奇怪吧。刚来之前还没听过老兄你的事。"

"不明白你说的什么，怎么回事？"

"警察不是给你店里打电话了吗，你说一早就往这边来，叫再等等。警察挺悠哉哇。"

这男人说话一点都不得要领，但是大致意思应该是说警察等所有的相关人员都到齐了有话要说。这人也不像是等了很长时间的样子，可能是坐同一班车来的吧。

"不好意思，突发奇想地就改骑车来了。"

一郎用烟头指了指自行车，男人却没觉得惊讶，叹气一般吐了口烟。

"咱也是，和老兄想一块去了。一到站脚就不想动了，还琢磨着直接回去，又觉得那样太蠢。老兄你离得近还好，咱还得倒车，太折腾了。"

话到嘴边，一郎又把"纯子"这两个字咽了下去。就算和这个男人认识的是同一个人，他所知道的纯子恐怕也不叫这个名字吧。

"话说，下岛先生和那个人是什么关系？"

一郎又看了一眼名片，问道。

"咋个说呢，她说让咱收留她，咱就雇她打工了。别的也没甚关系了。"

"啊？我和你差不多啊？你这是什么时候的事？"

"去年刚开年哇，老兄，那你是前辈咯。"

"应该是比你大几岁吧。"

"不是那个……"

"哦哦，前辈，那个意思啊。她在我家是前年夏天到去年的这个时候左右。"

"哦！"男人想了一下。一郎算了下时间，应该是纯子离开昭和轩之后去了关西，然后就到了下岛的拉面店打工。

"千代子"，一个从没听过的名字突然从男人口中说出，他像是想起了什么似的看着一郎的眼睛。

"她说工钱少也给咱干。还说她没有住的地方，咱就先把公寓腾出一间屋子让她住下，你不要误会了。咱以前赌博，老婆孩子都跑了，后来改邪归正了，还想跟老婆重归于好呢。所以，和千代子啥事都没有。"

这话有一半是假的吧？就算相信他一无所有，但是一个想和跑了的老婆破镜重圆的男人，怎么会和另外一个女人住同一个房子呢。

直插心底的嫉妒渐渐涌上胸口。

"是吗。我是打算让她做我老婆的，不过让她误会就不好了。她虽然住在我店里，但是我怎么说也不年轻了，所以也就只是想想。"

大概这话让那男人不舒服了吧，他脸色一沉，转过了头去。

然而，这简短的对话，无疑让事情指向了一个不好的结果。

"咳，无所谓了。"

"也是，没啥所谓咯。"

一位五十多岁、面色平静的警察将二人引进了警察局。

"刚开年就劳驾二位，实在过意不去。那我抓紧对情况做一个说明。嗯，去年11月30日下午2时30分左右，不动产公司的员工在千泷的山里发现了一具缢死的尸体，随即就报了警。换句话说，就是上吊的。"

"从司法解剖的结果来看，发现尸体的时候距离死亡时间大概已经有两个月了。说起来很影响心情，已经算得上是腐烂遗体了。"

"我们负责的同事马上给二位取来死者的衣物，请确认一下。放的时间有点长了，多少有些脏。其他的随身物品还有烟、昭和轩的火柴以及下岛先生的名片。放在羽绒服口袋里，全都有些腐了，鉴定花费了一些时间。之所以分别联系二位，首先是因为我们并不知道二位的关系。这件事无论怎么看都像是有思想准备的自杀行为，但我们想暂时还是先按照案件的性质来进行问询，所以联系了二位。"

"本来我们打算腾出时间分别拜访二位，但是没想到您二位今天全都到了。有件事还希望二位知晓一下，因为尸体腐烂程度太深，根据我们的推断，辨认身份会相当困难，所以我们已经在12月10日将尸体处理掉了，现在仅保存了照片，二位要看一下吗？"

"啊，对了，二位都不是死者的亲属，这也不是什么看了能让人舒服的东西。那处理尸体这件事我们事后再征求，哦对了，这个您二位也不是亲属，也没有向你们征得同意的必要了。"

"二位之前所说的我们大致了解了。你们和死者都是只有短期雇佣关系，什么都不知道，对吧？我们会分别给您二位做一份笔录，看过之后希望二位签个字，并且按一下手印。啊，没必要盖自己的印章，食指的手印就可以。"

"虽然二位都说什么也不知道，但是说实话，你们的情况太过相似，我们都很吃惊。要说这是偶然的话，那也太令人难以置信了。这么说可能不好听，但是死者好像都在尽量挑不起眼的地方的不起眼的小店。再联系一下事件的始末，也不是不能理解的。"

"在东京使用的名字是铃木纯子，在大阪是佐藤千代子，对吧？报过案的失踪人口中也没有符合的人名。这两个应该都是假名吧。"

"总之，死者把能确定身份的物品都处理掉了，可以说是有准备的自杀，失去了案件可能性的话，再积极地搜查，恐怕……我想，尊重死者本人的意志，才是当下正确的处理方式吧。"

"所谓的本人的意志，应该就是火柴和名片了吧。其他的东西都丢掉了，只留下这些，我们判断，她的意思应该是想让我们联系二位吧。在这个问题上我们斟酌再三，还是先以警察的身份与二位取得了联系，并没有别的意思，希望二位了解。"

"刚刚我们负责的同事拿过来的是骨灰。但是怎么办才好呢，二位虽然都不是死者亲属，但是以相识的情谊来讲，不管哪位将骨灰领走，我们都会表示感谢的。我想，死者留下火柴和名片，应该就是这个意图吧。"

"哦，看来还是挺不方便的啊。当然了，这不是义务，只是权利的问题，如果二位都不便的话，就不用管了。我们这边会处理的，还是先请二位在笔录上签字吧。"

"签字不会附带任何责任的，只是作为一个见证人而已。"

"您问打算怎么处理？这个，二位都说没有任何关系，我们这边就先将骨灰保管一段时间，然后按照无人认领处理，连同遗物一起烧毁。"

"请二位再确认一下遗物。羽绒服，一件，颜色为白色，有毛领。纯绀色毛衣、牛仔裤、运动鞋、内衣、手帕各一件。银戒指一枚，戴在左手的食指上。红色印花大手帕，这个是发现遗体的时候系在死者头发上的。没有任何的其他遗物了。现场没有，车站的行李寄存、垃圾销毁场我们也问过了。也就是说，死者只希望我们联系您二位，其他的不希望我们再做调查了。"

"哦不不不，您二位不用太勉强。这只是我们作为警察，要尽量尊重逝者的遗愿罢了。只是说比起无人认领来，让有关系的人将这些领走，这样结案我们的心情会比较轻松而已。"

"看来还是不方便啊。那麻烦二位了，我们现在做好笔录，请二位协助一下。啊，不会很费事的，而且现在天也比较短。"

"唉，正月就这么浪费了，人死可是大事。"

"好了，不管是纯子还是千代子，我们还是会选择一个低调不给人添麻烦的方式处理。自杀虽然不是什么稀奇的事，但是传出去势必会引起骚动的。所以，还请二位也尽量秉承这种想法，不要引起什么骚动。可能，纯子或者千代子也只是想向二位表示一下感谢吧。"

"自杀也不是什么值得称赞的事，但是我们还是把它当作一个人诚实、努力地活过一次的结果吧。"

"她应该不是个坏人吧，我相信。或许，她还是个像天使一样的人吧。"

"总之，还请二位不要把今天的事看作是一次添麻烦，就当是正月行善积德了吧。"

"好了，再次感谢二位的配合，辛苦你们了。"

"其实，他说的咱也明白。"

下岛踩着自己映在国道上坡路上长长的影子，认真地说道。

"确实，都明白啊。"

推着自行车的一郎答道。

做笔录花费的工夫意外地有点多。当一郎和下岛带着一种刑满释放般的心境走出警察局的时候，已经是夕阳西沉到山腰的时刻了。

警察说："我帮你们叫出租车吧。"可下岛却快步走出了警察局的大门。

冬日草木枯黄的高原，此刻已被夕阳染得仿佛披上了一层红色的纱。不时飘散在脸上的，并不是雪，而是硬实的冰晶。

"感谢配合？那至少也应该把路费给咱报了呗。"

"亲属才行吧，路费就自己出了吧。"

详细的问讯是在一个小小的审讯室进行的，两个人分开。所以，纯子离开昭和轩之后怎么样，一郎到现在也还不知道。该不该聊在东京时的事情，当下他也很迷茫。既想知道，又不愿知道的复杂心情，想必下岛也是一样的。

"怎的又是轻井泽。"

"可能是觉得这能感觉到幸福吧。"

"咳……"下岛接不上一郎的话，喘了口气。一郎这句话看来是击中了下岛的痛点。

"哦对，咱打个电话。"

下岛边走边掏出手机，一郎觉得，这人真的挺像一个平日不出门的拉面店老板，甚至比自己还多几分宅。只有拿着手机走路的样子，才有点和这个世界接触的感觉。

"是我老妈。"

对一郎说了一句莫名其妙的解释之后，下岛就把手机贴到了耳边。

"喂，妈，他们搞错人咯，是个和千代子完全不沾边的老太婆。真叫折腾人。咱今天就能到家，顺便就在车站买盒饭吃了。你就看看电视等着吧，饿了就随便吃点。"

一郎觉得，还是聊一聊纯子比较好。

"咱家老太太，八十四咯。哥姐都老早就搬出去了，咱跑得迟了，只能留下来看顾她咯，结果她和咱媳妇还合不来。"

"那你儿子呢？"

"不想在拉面店待着，自己跑到同志社去了，时不时回来要点零花钱。"

一郎觉得这个人果然比自己还无趣。自己起码还能在新干线上预测一下赛马的输赢。

"借我手机用用，我也得扯个谎。"

下岛停下了脚步，教一郎怎么用手机。

昭和轩的粉色电话响了。一郎想着：老爹，你可别着急，要是从楼梯上摔下来，我可救不了你。

"您好，昭和轩。"

"是我，你不会又没开门吧。"

"没开啊。"

"没开也好，这边不是什么大事。好几个朋友聚在一起了，挺热闹的就顺便搞了个聚会。"

"是吗？那比啥都重要。"

老爹应该是发现我在扯谎了吧。不管了，他刨根问底之前，这谎要一直扯下去。

"我买点车站的盒饭回去，挂了啊。"

接过手机，卜岛快步走了起来，感觉快要赶不上车了似的。

一郎推着车，看着他落寞的背影。路上的人影越来越长，天色红得让人看了会误以为这是一幅秋日的景色。

纯子最后看到的，应该是真实的如锦的秋景吧。所有人都抛弃了她，但老天爷没有，尽全力让她看到了一幅美景。

"上来！下岛。"

一郎骑上车，骑到下岛身边。

"会被警察抓的。"

"他们刚感谢了咱们，肯定会睁一只眼闭一只眼的。"

"也对。我有痔疮，你慢点骑。"

　　下岛跨上了自行车后座，抓住了一郎的腰。

　　"那个戒指，是去年生日的时候咱送给她的礼物。本来想拿回家的，怕老太太看到。"

　　一郎没有勇气说出羽绒服、毛衣和运动鞋的事。但他却有一股莫名的优越感，那枚戒指怎么看都像是便宜货，所以还是自己赢了。

　　"你还记得她的生日吗？"

　　"啊，七月七，七夕节嘛。"

　　完全不对。但是，一郎的苦笑旋即凝固了。收到羽绒服时纯子流下的眼泪，是一种悔过的叹息吧，叹息别人用真心回报了她的谎言。而对她的事情，一郎却完全不知。

　　"为什么要骗人？"一郎在心中埋怨。别的不说，要是不骗人的话，纯子应该能得到幸福的。

　　一郎咬住了嘴唇，他想说纯子根本不是七夕的生日。

　　你啊你，看焰火那晚你不是说过吗，好事一定会来的，老天爷不是那么不公平的。为什么你能对别人说这些，自己却不相信了呢！不是我也没关系，这个拉面店的老板也可以，别人也可以，只要你不转身离开，都会幸福的啊!

　　"他妈的!"

　　一郎从车座上起身,胡乱蹬着车。

　　"啊,疼疼疼,饶了咱吧,痔疮啊!"

　　"屁股疼、肚子疼的,不都是活着的证明吗!"

　　"疼!眼泪都疼出来咯!"

　　做着无谓的辩解,下岛慢慢地抽泣起来。

　　山顶上,飞机拖着一行红色的尾线飞过。一郎幻想着,那是飞舞着鲜红衣衫的天使,飞身回到了天空。

　　自己真的是为她着迷。一想到这些,一郎就觉得对老爹和母亲有种亏欠,也跟着哭了起来。

　　晚霞中的天使,飞舞在日暮迟迟的冬日寒空,永不消逝。

夕映え天使

车票

广志很喜欢在晾台上看到的黄昏时分的景色。

仿佛是装饰一般，微微隆起的丘陵环绕着惠比寿。往西边望去，跨过涩谷的高地，穿过代官山的森林，越过电车轨道就是防卫厅的大基地了。从那里开始，包括再向前一点的地方，都被占领军接管了，现在虽然已经看不到那些军队的影子了，但是在街上的二手家具店和霓虹闪烁的酒馆窗边，还依稀可以感受到他们留下的气息。

山手线高架的东侧，是一座有啤酒工厂的丘陵，5点钟那里的钟声一响，不一会儿的工夫，白天还滚滚升起的烟就像玩笑一般在那四个大烟囱里戛然而止了。

和这里的景象相比，广志出生和长大的驹泽就显得乏味了。御屋敷大街终日寂静，完全感受不到生活的味道。所以，当广志开始跟随祖父在惠比寿生活的时候，他才感觉到之前未曾留意过的幸福。不，确切地说，是他才开始去思索幸福。

一放学，广志就会跑到晾台上，也不理会那些名牌店里都在搞什么活动。天热的时候，有时也会在晾台上一边乘凉，一边在苹果箱子上写作业。

深夜的静谧从东边悄然而至的美景，也是广志来到这里之后才见到的。祖父的家，就在明治通的电车轨道和广尾的丘陵之间。

啤酒工厂的烟囱不再冒烟之后，马上就会有工人成群结队地从工厂涌出，像蚂蚁一般，排着队向车站走去。过不多久，车站前刚动工的建筑工地也不再传来榔头的撞击声。车站南侧的市场，开始灯火辉煌。

祖父家后面不远处有一个广场，同学们每天日落时分都会在那里打垒球，但是他们从来也没有叫广志一起玩过。倒不是有意疏远，只是如果要再加一个人，那场上就要有一个人离场，所以就谁也不叫了。广志也不觉得朋友们心存恶意。

"小心感冒，广志君。"

八千代从二楼的窗子跨过护栏来到晾台上，给广志披上了一件有淡淡香味的棉衣，又用手摸了摸他的头。

祖父似乎对二楼的租户随便用晾台颇有不满，但表面上并没有抱怨什么。

"广志君，你不去和大家一起玩吗？"

八千代一边收衣服，一边问着和往常一样的问题。

"我要看家的。"

"你不是一直都在晾台上吗，这可不算看家，接不了电话，有小偷来了你也不知道。"

八千代一家挤在一间只有四张半榻榻米那么大的房间，每天的工作都多得令人不解，八千代也是整日忙碌着。她比广志的妈妈年轻很多，但也不再是能叫姐姐的年纪了。她总是穿着一件熨烫平整的白衬衫，围着围裙。想必每天晚上都会把衣服放在褥子下面压平吧，百褶裙的裙褶也像折纸一般工整。

她看上去二十五六岁，但女人的年纪，广志是看不准的。

"可以问你一件事吗？"八千代一边把衣服叠好放进金属盆，一边问道。

"广志君的爸爸妈妈去哪里了？"

广志不得不思考一下。祖父曾经叮嘱过，就算外人问起自己家的事情，也绝不能随便说。祖孙两个人一起生活，也确实是不能跟外人说的。但是，住在同一屋檐下的八千代算不算外人，这点很难说。

广志不知道要怎么撒谎，就照实说了。

"好像离婚了。"

八千代突然停下了手里的动作。

"哎呀，果然如此。"

"果然？"

"嗯，你爷爷说他们因为工作关系去了很远的地方，但是这很奇怪啊，不可能丢下小学生不管啊。"

"你别告诉我爷爷，他会骂我的。"

"当然不会说，是我问了不该问的事情。"

"是真的，我也没办法。"

秋日的天色一转眼就暗了，启明星也开始闪烁着微光。广志觉得这并不像祖父说的那么难堪，反倒是被自己喜欢的八千代知道了自己的秘密让人觉得不好意思。

"你爷爷是哪边的爷爷啊，是爷爷还是外公？"

"爸爸这边的，是爷爷。"

"那和爸爸一起住不就行了吗？"

"嗯……"广志在思考着怎么回答。已经说了这么多了，现在再想瞒着反而不好。

"八千代，你不要和别人说啊。"

"我不会说的。"

"和我爷爷也不能说。"

"嗯，不说。"

广志不太喜欢八千代那个在啤酒工厂工作的丈夫。

"我爸爸再婚了，又有了新的家庭，不能和我住了。"

八千代轻轻地叹了口气，没有再继续追问。

广志继续说道："妈妈之前也说要结婚。"

"为什么广志君会知道这些？"

广志有些生气地说道："爷爷说的。"

"哎呀，这哪是能跟孩子说的话呀。"

或许是不该跟孩子说吧。但广志却认为，与其让父母的行踪成谜，不如直接告诉自己的好。

暑假的最后一天，广志是和妈妈一起在后乐园的游乐场度过的。祖父冷冷地挂断了妈妈打来的电话，但是没想到他竟然会同意，说："去吧。"

晚上，广志和妈妈在惠比寿车站的闸机口分别。刚一回到家，祖父就让他坐到了火钵对面，说了一堆吓人的话。面对面开始说话前，祖父频频拨弄着火钵里的灰。向来高傲固执的祖父，竟然犹豫了。

"你爸就是个废物，做买卖赔了，四处借钱，还跟别的女人跑了。你妈一个人带孩子太不容易了，所以爷爷才决定接手照顾你。这次换你妈找男人了，说他们有房子，想来把你接走，真是好事都让她占了。你是想跟着你妈，还是要和这个家断绝关系？还有，你妈找的这个男人是个什么东西还不清楚，你又不是他亲生的，关系肯定好不了。爷爷我早就打定主意了，只当你爸妈都死了，就咱们祖孙俩一起过。你有什么不满意的就直接都说了。现在就做个打算！"

"与其不知道，还是知道的比较好。"

秋风划过，拨动了已经褪了色的杂子树叶。广志把棉衣的衣襟拉到一起。

"八千代，你还没当妈妈吗？"

广志想转回到轻松的话题上来，但是八千代没有回答他。

"你爷爷差不多该回来了，再不去看家，要被骂了啊。"

说完，再一次笑着摸了摸广志的头，跨过护栏，回到屋子里去了。

　　那间只有四张半榻榻米大的房间里，没有灯罩的灯泡亮了。祖父精心打理的那盆菊花，也在晾台的黑暗中绽放了。

　　天已经黑透了，祖父抱着用报纸包裹的熟食回来了。

　　虽然祖父喜欢喝酒，但他从不在外饮酒。听到假肢嘎吱嘎吱的声音，就知道是他回家了。

　　"我做了晚饭了。"

　　祖父在玄关吃力地脱着鞋子，广志在他身后说道。

　　"还做了汤。"

　　本以为会被夸奖，没想到祖父一脸不悦地把鞋扔在地上。

　　"别干这些多余的事！"

　　不明白自己为什么会被骂，广志难过极了。煮饭的方法是八千代教的。广志在晾台上偷偷望向厨房的时候，八千代向他招手，说："让爷爷大吃一惊吧。"

　　广志用力地压搓着淘洗大米，又按照"开始小火噗噗烧，然后锅里咔咔叫，锅里像有娃娃在哭闹，也不能把锅盖拿掉"的口诀控制着火候。听到锅里不再有煮沸的声音，再把火关小，等闻到香喷喷的味道了，就算是大功告成了。

做海带汤的难点只有把海带煮出汤汁这一点，但要做到这一点也不是那么容易的。

"为什么呀？"广志向祖父抗议。

"没有为什么，男人不要进厨房！"

"爷爷也是男人啊。"

"爷爷早就不算男人了！从你奶奶死了之后，爷爷就不男不女了。"

"五年级开始要上家庭课的。"

"啊？"祖父一惊。

"男孩，也要上？"

"是啊。明年开始学校就要教这些了，爷爷你不要说那些话了。"

"唉！"祖父弯下骨瘦的腰，说着广志听不懂的话："这世道不中用了。"

祖父买回来的是市场肉店的炸牛排。普通的炸牛排要30日元一片，但祖父必定会买50一片的上等品。可当广志偶尔想吃可乐饼或者炸肉饼的时候，祖父却都不会买给他。

刀工纯熟到可以用刀尖拨开豆子的祖父把洋白菜切成了细丝。虽然嘴上骂着广志，却欣喜地看着锅里。现在不是清晨，他却把刚掀锅的米饭拿去神龛上供起来。

"要知道这是小广煮的饭，你奶奶肯定也得吓一跳。"

祖父熟练地在火钵边上支起小圆桌准备吃晚饭。吃饭前他都会烫四两酒喝，广志就不得不慢慢吃。每到这个时候，他就会觉得，要是有电视看，就不会这么无聊了。

"我想在电视上看奥运会。"

"离这又不远，去现场看不就行了吗？"

"电视上看得更清楚啊。"

"别耍滑头，肯定是现场看更好啊。"

"预售票早就卖完了呀。"

"嗯？"无言以对的祖父看了眼神龛上的灯，突然想到了什么，用筷子敲了敲碗。

"看马拉松不要票。站在甲州街道上就能白看了。那个，那个叫什么来着，在罗马拿了第一的那个黑人。"

"阿比比。"

"对，谁知道是阿比比还是比不比的，那老黑挺牛，听说他是光着脚拿的第一。这次他肯定还是第一，不去给他加油才是怪事呢。"

祖父话不多，但也绝不是笨嘴拙舌的人。

忘了是什么时候，他来到驹泽的家里，兴致勃勃地说："要开奥运会了，人手再多都不够用。"但是也没看到他多接到什么活儿忙起来。赛事场地需要的都是混凝土建筑，根本用不着他这种日式门窗的装修店。

祖父原本是木匠。但是用他的口头禅来说，"一条腿踏在菲律宾了"，也就上不了脚手架了。所以他在刚建好的家里装上拉窗，整理了地板，把家里变成了装修店。

二楼的改建是祖父纯手工完成的。拆掉了房间内的楼梯，直接架到巷子里，怕木头腐了，还在上面盖了石板瓦。又凿开了二楼的墙壁，安了一扇气派的门。任谁看了都会觉得这房子原本就是这样的设计。拆掉楼梯的地方，用竹栅格子做了一个天花板，看上去比原来的房子更体面了。

广志从驹泽搬过来几天后，中介就带着要租房的人来了。

这家的男人姓野村，是啤酒厂的工人。他们说，刚结婚想找一个可以步行到工作单位的房子。看上去这个男人和八千代年龄差了好多。

"谁教你做饭的？"

祖父一手叉着腰，把酒一饮而尽，疑惑地说道。

"妈妈。"

"是吗？你脸上都写着骗人呢。"

"是二楼的阿姨。"

"我就说吧。编不出什么好瞎话还不如直接照实说，又不是什么藏着掖着的事。"

"因为爷爷挺讨厌二楼的叔叔阿姨的吧。"

"不讨厌。收着人家的房租呢，不喜欢也不讨厌。"

虽然这么说，但是大家都清楚，祖父对二楼那对夫妇挺刻薄的。

人家走路声吵到他了，他就冲人家大吼大叫；晚上7点一过，就算有人打电话来找，他也不告诉人家；心情不好了，人家跟他打招呼他也装看不见。

"听说今年学校的运动会要在奥运会结束之

后开。"

"运动会之前开不是更好吗，也不至于太冷。"

"可能是觉得看过运动会之后大家更有积极性吧。"

"要叫你妈一起去吗？"

"好啊。暑假见她的时候她还说可以。爷爷你也一起去吧。"

"爷爷可使不上劲。"

"使劲？"

"嗯，你爸妈能赛跑、能拔河，爷爷这腿啥也干不了。"

"那也没关系啊。也不用带盒饭，就去武藏屋买点炸豆皮寿司就行。"

"洗澡去吧！"

祖父粗鲁地说道。

祖父羞于自己残疾的身体，从不去外面的澡堂洗澡。他在家里的小后院放一个小澡盆，倒上水，打好香皂之后就舀水往身上泼。洗好之后也不用温水泡了，而是改用井里的凉水直接从头浇下来。

"天冷了您也不去澡堂吗？"

"爷爷多少年都没感冒过了。"

"不怕心脏病发作吗？"

"那也从来没有过。"

广志等祖父把两壶酒喝完，就准备去澡堂了。

广志最近总会在路上的轨道沿线发呆，那是已经确定要被取消的都营电车行进的轨道。

这条已经无用的线路上街灯辉映，像水银一般闪烁。据说都营电车会有碍交通，可是增开的公交车不是更危险吗？广志这么想着。电车没有尾气，票价也便宜，还不会晕车。广志觉得，这办个奥运会，不是顺便也把好东西都给弄没了吗。

去澡堂的路边有一家简易法院，门前电话亭的灯正亮着。每次路过那里，广志都会不由得想起藏在钱包里那串妈妈的电话号码。从游乐园回来，在惠比寿的闸机口分别的时候，妈妈在车票背面写下了电话号码，连同零花钱一起给了广志。

广志好奇那天妈妈是怎么下车出站的。因为她是在她自己那张厚厚的车票背面，用从手提包里拿出来的口红写下的电话号码。

　　要是去打了电话，广志会觉得这是背叛了祖父。况且，要是接电话的人不是妈妈，那该怎么办？所以广志一直只是把这张车票当作是不能保佑人的护身符一样宝贝着。

　　车票上的日期是8月31日，这一天或许会成为一辈子的纪念日吧。要是没有这张车票，那也就是个会被遗忘的日子。

　　写下潦草数字的那支口红，是大红色的。住在驹泽的时候，妈妈是不涂这个颜色的口红的。

　　还有一件让广志烦恼的事。车票是从水道桥到吉祥寺的，妈妈绕远把广志送到了惠比寿，然后又在自己的票上写了电话号码给他。

　　那妈妈应该就是住在吉祥寺附近吧。想到这些之后，广志去过好几次车站，望着售票厅挂着的轨道线路图，从新宿上车坐中央线到吉祥寺要坐八站地。那是个很远的地方。

　　"没事给我打电话啊。"妈妈说过。可是车票上印着的，是她和一个广志不认识的男人一起居住的地方，妈妈这么说也可以认为她是暗示广志背叛爷爷。

怎么可能会出现那样的事呢。

"广志君。"

八千代蹲在法院门前，电话亭里站着的是野村。

"要去澡堂吗？"

八千代从脸盆里拿过毛巾擦了擦脸。

"洗完要回家了吗？"

"不是，一会儿要去澡堂。你叔叔打了好长时间电话了。"

"你们是吵架了吗？"

"没。"八千代假装没事，但她哭过却是不争的事实。

野村的声音很大，隔着电话亭都能听到。

"我们先去吧，广志君。"

八千代攥着广志的手站起身。她的手纤细柔软，仿佛花朵一般。

"我先去了。"

八千代隔着玻璃做了个口型，没出声地说了一句，然后就迈出了步子。野村一激灵，用手捂住话筒，表示明白了地点了点头。

走到澡堂门前的时候，就听到野村喊着"小千！小千！"追了上来。

"花了十日元，还行吧，正好。"

广志不想和野村一起洗，没什么话说，而且野村好像也不太喜欢小孩子。

"广志君，要和叔叔一起洗，还是和阿姨一起？"

广志不得不做出一个困难的选择。虽然不愿意和野村一起，但是去女浴室也太不好意思了。

"我要19号。"

"那是什么啊？"

"南海队的野村。"

八千代听不懂广志在说什么，野村却大声地笑起来。

澡堂鞋牌上的编码用的都是当红棒球选手的球衣号码。王贞治和长岛茂雄的1号和3号从来都没有空着过，金田正一的34号也是常年都有人占用，倒是野村克也的19号，正好在鞋柜的最下层，就成了广志的专属。

不过，想想也知道，女浴室那边是不可能有争着抢鞋牌号码这种惯例的。

"19号，在这呢。"

男浴室这边的19号也没有人用，但是广志毫不犹豫地就把自己的运动鞋扔到了女浴室那边的鞋柜里。

刚一推开拉门，和男浴室截然不同的气息就包裹住了广志。来澡堂本就是搬到惠比寿之后才开始的，进女浴室更是人生中第一次。

"我和阿姨一起，可以吗？"

广志事先问了问掌柜大叔。

"行啊，没关系。"

"我可是男人。"

"你还不算男人呢，鸡鸡还没长毛呢。"

八千代笑着从旁边伸出手，付了洗澡的钱。

说了声"洗头发"，多付了十日元。

八千代的头发明明像男人一样短，却还要付洗头的钱，真是可怜。最近，长头发的男人也是大有人在啊。

"对不住，行会的规矩就是披头士不收钱，赫本要收洗头钱。"

掌柜大叔机灵地答对着。

这个夏天，澡堂进行了一次改造，可能是因为奥运会的缘故。浴室里装上了一个个淋浴喷头，还装了带锁的储物柜。

"储物柜也要19号。"

　　广志绕着和自己差不多高的双层储物柜找19号，突然眼前的景象让他呆住了。同班的千香子正光着身子瞠目结舌地看着他。

　　"我是和阿姨一起的。"

　　想要解释的话，也只能想到这个了。

　　"阿姨？"

　　"住在我家二楼的阿姨。你不要在学校说这件事啊。"

　　"我要说。就说广志是个色鬼，居然进女浴室。"

　　"那我也说，我是和千香子一起洗的。"

　　"这俩孩子！"千香子的母亲说着话从浴室里走了出来，胸前晃动的双乳好似章鱼一般。

　　"说什么色情话呢，都还是小孩呢。小心别感冒了。"

　　广志打了招呼，千香子的母亲用大手摸了摸他的头。

　　泡进水里之后，广志就等着八千代进来。不管是千香子的裸体，还是别的女人的身子，广志怎么样都不会去想，但为什么偏偏会在意脱了衣服的八千代呢？

　　当八千代纤细白皙的身体出现在浴室的水汽中时，

广志内心的波动反而平静了。这个时候的八千代真美。

广志虽然不知道赫本，但他觉得，那一定不如八千代好看。

"刚才，你是哭了吧？"

两人刚并排坐在浴池里，广志就直接问道。

"一下下。"

"我就知道是和叔叔吵架了。"

"不是吵架呀，我们不会吵架的。"

"哭是不好的。"

"广志君也会哭的啊。"

"我不怎么哭。不想看八千代哭。"

不知是哪里惹得人不开心，八千代背过了身去。

突然之间，胸口被涌上的悲伤淹没，广志望向了带着排风口的天花板。

转天是周六，下午，广志打定主意去了千香子家。

在教室的时候广志就一直对千香子使眼色，叫她不要和别人说昨晚的事情。可能千香子真的没有告诉任何人，但是她那一脸无知的样子倒像是攥住了广志的软肋。吓唬人、欺负人也不是广志的性格，只能先把关系处好。两个人是好朋友的话，或许她就不会多说了。

千香子家就是高架桥边的一个烤红薯店。那一带就像战后初期一般，板房错乱搭建，路边还有拖车、狗窝之类的杂物。就在这些破破烂烂中间，有一间一张榻榻米大的小店，连招牌都没有的店门口只放了一个烤红薯的大桶。千香子的妈妈总是像没事干一样坐在那里。

她家没有男人。

"千香子！"

在店门口正和千香子妈妈的目光撞到一起，广志胆怯地叫着千香子的名字。

"来啦！"

从店旁边那堆杂物后面传来了含糊不清的回应。千香子妈妈圆圆的脸上露出了笑意，旋即又把目光转回到手中的周刊杂志上。广志觉得，她虽然看上去不招人亲近，但比那些爱问这问那、好管闲事的家长好多了。

广志靠在高架桥的桥墩上等千香子，望着这不一样的城市一角。这里没有高高的建筑物，也没有树木，无云的碧空仿佛铺陈在头顶一般触手可及。奥运会让整个社会都喧闹不凡，只有这里好似与那一切的喧嚣都毫无沾染。

千香子把长头发扎在后颈走了出来。娇小的身材，举止却已经像个成熟的少女，在班上也很受男同学欢迎。她好像早就知道广志会来，打扮得干干净净，从板房里跑了出来。

"吃红薯吗？"千香子的妈妈问广志。

"不了，我吃过点心来的。"

广志觉得如果吃了烤红薯的话就又多欠了千香子一点。两个人拉着手漫无目的地出门了。

只是要搞好关系，所以只要两个人单独的时间多一点就好，也没什么做别的事情的必要。

走到高架桥下的时候，千香子突然停住了。

"有电车来了，是货车。"

"你怎么知道是货车啊？"

"山手线的客车路过是哐哐的声音，货车是咣当咣当的声音。"

从出生就一直听着火车声音的千香子，这点事情肯定是知道的。广志透过低洼路段的缝隙望去，确实有车轮滚动的声音在靠近。

"广志君的爷爷经常在这休息，就像这样。"

千香子靠着有些潮的桥墩，把一条腿抬到半空。

不能长时间走路的祖父可能是在去车站路上，在这里休息一下吧。广志的脑海中浮现出祖父看着对面贴满垃圾小广告的桥墩，抬起不称心的假肢，默默忍受着酸楚的样子。

货车驶来。震颤着桥墩，长长的车厢从头顶行过，巨大的声音掩盖了世界上其他的声响。

"广志君的爷爷……"

广志若有若无地听到千香子的声音。

"什么？"

"催收……"

"什么？我听不见！"

"催！收！"

"装！修！"

"不是，我说的是催收。"

广志觉得，祖父的职业被人极大地误解了，大声说道。

"是装修！他以前是木匠，后来把一条腿留在了菲律宾，就改做门窗装修了，因为登不了梯子了。"

"但是他其实是在做催收，大家都是这么说的。"

"才不是！催收是什么？"

"不知道，有时候还会到我家附近来催收。"

"那到底是什么啊？"

"我都说了不知道！就是听大家伙这么说的。"

列车行过，桥下被透过条条间隙射下的阳光点缀上悠然的条纹装饰。穿过枕木间的缝隙仰望天空，那样蔚蓝，可地面什么映不出这片蓝。广志这样低落，倒不是因为刚刚太大声地喊过，只是觉得本不该知道的事情却从千香子口中得知了。

离开高架桥，广志拉着千香子的手去了市场。买了两个可乐饼，千香子笑着说："这个比烤红薯好吃吧？"

"你在意昨天的事的话，那我不会和别人说的。"

两人蹲在车站的熙攘中，千香子悄悄贴近广志的耳边，说出了这件他一直挂心的事情。

"真的吗？"

"真的呀！拉钩！公平起见……"

说着，千香子站起身，学着大人的样子重新扎了扎头发。

"我也把我的秘密告诉你，不要告诉别人啊，说好了。"

　　见广志点了头，千香子在留言板的边，用粉笔写下了一个字。

　　"什么呀，季节的季啊。"

　　"不是啊！少了一笔的！这是我真正的姓。"

　　"为什么把这个当秘密啊？"

　　"妈妈说不能说，说了会被人欺负的。你不会欺负我我才告诉你的。"

　　说着，千香子用手快速地擦掉了字，像什么都没发生过一样又蹲了下来。

　　"广志君，你长大想当什么？"

　　"宇航员。"

　　广志从来都没想过这个问题，只是在桥下望到的天空，那种蓝深深印在他的心里。他好奇，为什么天空的颜色不能映在混凝土的地面上。难道世间万物的颜色都只是眼睛的错觉吗，该不会整个世界都像老电影一般，只有黑和白两种颜色吧？他疑惑着。

　　他想起苏联宇航员说的话，也想用自己的双眼去见证一下地球是个蓝色的星球。

　　"我，我什么也不知道呢，我……"

广志把"我不知道该怎么办"这句话硬生生地咽了下去，他觉得，说出这样的话，别说宇航员了，连个男子汉都当不成。

抬头看看列车路线图。那天，没有车票的妈妈是怎么回到家的呢？

此时的吉祥寺，似乎比宇宙的尽头还要遥远。

"爷爷，催收是什么？"

吃饭的时候广志不经意地一问，祖父端着碗的手立刻停住了。

"跟炊饼、脆饼差不多吧。"

"那都是吃的吧。我说的不是那个，是爷爷的工作，催收。"

"谁跟你说的？"

"朋友，叫什么不能告诉你。"

祖父不再说话。用从没有过的速度匆匆扒拉着饭菜，在广志吃完之前就放下了筷子。广志后悔自己做出了这种践踏别人隐私的事情。

"唉，跟你啥关系都没有，你问我我也说不

清楚。"

祖父伸手把系在脖颈的带子往胸前拉了拉，从破旧的钱褡里拿出钥匙。唉声叹气地挪动着自己残疾的身体，打开了火钵的抽屉。

"您要点火吗？"

"还不冷呢。"

祖父把餐具划拉到一角，在圆桌上摊开蔓藤花纹的包袱。里面有一张用红色铅笔画满了小圆圈和叉号的地图及一个厚厚的皮革封皮笔记本。

"菲律宾？"

"嗯，这是菲律宾的莱特岛。"

"一条腿放在那了？"

"嗯，爷爷还有很多更重要的东西留在那了。腿和钱都没能搞回来。"

祖父说他和麦克阿瑟一样都是工兵，这是有点夸大了。他说木匠都是有手艺的行家，当兵的话大抵都会被分配为工兵。

"我是跟着一连一起去的。桧町的一连有附近好多从小一起长大的朋友，大伙在六本木编好队，一起去菲律宾。挺倒霉，那些人都死了。"

　　祖父用他那手艺人特有的粗关节手指啪啦啪啦地翻着笔记本。

　　"那些人在哪死的，怎么死的，我也不是全都清楚。这条腿换成一根棍子也有二十多年了，从剩下活着的人那也听说过一些。"

　　"那您打听这些事，是要干什么啊？"

　　"给那些人办葬礼，给他们上个香。"

　　一种不是愤怒，也非焦躁的情绪涌上广志的心头。

　　"催收"的意义，广志终于明白了。那或许就是大家都觉得无所谓的事情，只有一个人还在坚持吧。

　　"马上要开奥运会了。"

　　"那怎么了，跟你爷爷我没啥关系。"

　　祖父戴上老花镜，像读一本复杂的书一般，开始仔细地看着笔记本上那些细小的文字。

　　"战争是不对的，老师说过。"

　　"没有什么对与不对的，那些也和我没啥关系。"

　　"您也不好好工作，就去办葬礼吗？"

　　"你倒是没缺胳膊少腿，少在这多嘴。爷爷我自己挣的钱，随便我怎么花。"

　　"随便"这样轻率的词刺痛了广志的心。他无法认同祖父的做法是一种随便的行为，但在对广志的问题上，父母和祖父或多或少都有些随便，从不考虑孩子的感受，自顾自地活着。

"你们都这么不管不顾！"广志气急了，用手拍着桌子喊道。话刚出口，祖父便一个巴掌打在了他的脸上。

"什么不管不顾，你给我把话说清楚！"

"爸爸妈妈都不在乎我的感受，爷爷也是！"

"你别好坏不分把我和他们相提并论。"

说完，祖父捡起一怒打翻的餐具，仔细看过之后又一件一件重新摆好。这个小心翼翼的举动在广志看来倒像是满怀怜惜地拾起一片片散落在密林中的叶子。他知道，祖父和爸爸妈妈绝不是一类人。

"他妈的！他妈的！"祖父小声咒骂，宣泄着自己无处排解的怒火。之后又像犯人一样缩起肩膀，盯着雕花的碗，哭了起来。

"是天桥那边的朋友和我说的。他们说爷爷有时候会去那边，搞点祭祀上上香，然后在天桥下边哭，对吧？"

祖父紧咬着牙，广志仿佛能听到两排牙互相碾压的声音。祖父瘦小的身躯里，所有的骨头仿佛都在咒骂着。

"那一带当初就连朝鲜人都被赶上了战场。过了二十年了，就能当什么都没发生吗？要办奥运会了就当没事了吗？说什么忘了得了，你爷爷我可忘不了，全世界的人都忘了，你爷爷我也不会忘！"

学校里的老师说日本与全世界为敌，挑起了一场愚蠢的战争，今后谁再想发动战争，都必须强烈驳斥。

广志觉得，现在只有爷爷一个人还没走出这场愚蠢的战争。但爷爷绝不愚蠢，即便全日本的人都愚蠢，爷爷也不蠢。

广志决定不再跟爷爷要电视了。

祖父精心栽培的菊花在赏菊大会上拿到金奖是在东京奥运会开幕前的几天。

街道负责人提着庆贺的酒来到家里，又是发奖金又是传达区长的表彰，搞得好不聒噪。祖父抿着前来祝贺的客人敬过来的酒，毫无兴致地听着他们的奉承。当祖父像赶人一样送走客人之后，又一个人给盛开在黄昏路边苹果箱里的菊花浇了水。

忙碌一天的祖父仍然不忘训斥八千代不许在天黑之后用洗衣机。对于喝了酒踉跄晚归的野村，祖父也不忘站在楼梯下叫住他，来一番比之前更为严苛的说教。

"说不听还得寸进尺了。"

野村像是被父母训斥过的孩子，灰溜溜地上了楼。祖父看着他，小声嘟囔了一句。

"什么说不听？"

"闹离婚的事。"

"骗人！"

"半年多不着家，说了多少次让他俩重修旧好，也没看他有那个志气。"

广志还想知道得更详细一些，但他知道这事不是他能问祖父的。

"那八千代呢？"

"她啊，夫妻俩一共六千日元的房租，离了之后我就只收她三千日元。"

那之后，广志发现出入二楼的人多了起来。半夜里经常会有女人怒吼的声音，祖父也上去调解过，自称是八千代哥哥的男人也带着特产来过。

一天夜里，广志刚刚洗过澡，轻声走上了晾台。在怒放着大朵黄白菊花的黑夜之中，八千代晾在外面忘了收的内衣在随风翻动。

广志避开了窗子里的灯光蹲在花丛中，听着野村低沉的声音和八千代凄凄的抽泣声。不一会儿，房间里的灯熄了，八千代的声音变得更加悲伤了。

虽然祖父说八千代年轻貌美，肯定能生活得好好的，但广志总觉得她离开了这个家就没办法活下去了。在广志心里，八千代就像身边雪白的菊花一样。

10月10日，一个广志觉得前所未有的忙碌的日子。

本该是放假的日子，但学校临时改变的计划，让学生们不用带书本到学校集合。这对于一心想在电视上看奥运会开幕式的广志来说倒是个好消息。

一大早，祖父就上了晾台，一心侍弄他的那些菊花。在赏菊大会拿了金奖的那盆白菊，放在一众菊花中，确实显得格外有品质。

"您知道今天是什么日子吗？"

祖父看着惠比寿漫天的烟花糊涂地说道："海神金

毗罗的祭祀？"

去学校的路上，有人故意大声说"家里没电视的孩子太可怜了"，广志全然不理他们怎么说，只是一心期待着开幕式。

学生们在校园里集合，校长发表了一长串演说。只有一句"从今天起，日本的战后时期就宣告结束了"像噩梦的余韵一般，久久萦绕在广志心中。

体育馆里放了两台电视，孩子们一起观看着东京奥运会华丽的开幕式。

"千香子，你家有电视吗？"

广志用腿碰了碰千香子，问道。

"太旧了，经常看不了。开了关，关了开，又拍拍打打，太费劲了。动一下天线就要拍个不停才有信号。"

"那从明天开始我们一起去公园看电视吧。"

"晚上可不行。女排都是在晚上吧？"

"那去澡堂看不就好了。"

"不能一起的啊。"

"可以的，只要保密。"

孩子们起初还对着电视欢呼喝彩，没一会儿就看腻了，开始跑到校园里玩耍。大家模仿着奥运的项目，比画了起来。

不管是玩单杠还是吊环，落地的时候都要双手向上摆一个结束姿势，然后扮演裁判的孩子们一个接一个报出自己的打分。玩排球的孩子们，接发球的时候都要在地上翻个筋斗去接。至于光脚在校园里跑，因为有很多孩子受伤，就被老师们禁止了。

跑步是广志的强项，学校运动会的时候还被选为了参赛选手。他自认为自己更擅长马拉松式的长跑，但是学校的运动会没有这个项目。

运动热也并不只是在孩子们之间流行，城市里，经常能看到有成年人穿着背心、短裤，沿着电车轨道跑步。公园里，放学的初中生和高中生们围在单杠周围，玩着和广志他们一样的游戏。

"二楼的阿姨今天要搬家了。"

孩子们陆续从电视前跑掉，广志坐着滑到千香子身边，漫不经心地说着这件让他不开心又不能对旁人言讲的事情。

"二楼的阿姨？是谁？"

"就是上次在澡堂见到的那个，短头发的，像赫本的那个。"

"啊，我知道了，她挺漂亮的。"

千香子知道的是赫本还是八千代都无所谓，只要她明白广志在说什么，就让人很开心。

"她说要来看我参加运动会的，现在也不行了。"

"放鸽子啊。"

"嗯，要放鸽子了，但是也是没法子的啊。"

广志心想，没法子的事太多了。有很多事，对于孩子来说或许无能为力，但成年人应该是可以办到的，至少，遵守和孩子的约定应该是可以做到的。

老师说过，阿比比和埃塞俄比亚的穷孩子们约定要在东京再拿回去一枚金牌，所以让大家一起去为他加油。

在罗马，他光着脚都能跑第一，现在在东京，穿上了鞋肯定能获胜。广志下定决心，如果阿比比能完成他和孩子们的约定，那借着这个勇气，自己这辈子也绝不打破任何约定。

这场马拉松，广志决定要和爷爷一起，到甲州街道去看。

　　在学校玩完，广志又去了公园，回家的时候已经是日暮的时刻。

　　"那晚上六点在澡堂门口见。"

　　千香子望着广志说道。

　　夕阳仿佛只瞄准一处，洒在菊花怒放的广志家。电动二轮车上堆着洗衣机和别的家具，八千代正在和祖父说着话，但四处都不见野村的身影。

　　注意到广志之后，八千代面露伤感。

　　广志没有靠得太近，只是走到了可以闻到淡淡香味的地方，抬头看着八千代如菊一般白皙温柔的脸，说了一句"再见"。

　　爸爸妈妈都不让他说这种像要划清界限的话，但此时的广志，只想坚定地说这句。

　　"我还会回来玩的。"

　　这种约定，我才不会信。

　　"再见。"

　　广志又说了一次。

　　"要好好学习啊。"

　　广志的眼神极尽逃避。

　　"再见。"

广志只是动了动嘴唇，却没有发出声音。

"不能去看你的运动会了，对不起啊。"

"再见。"

"希望你能拿一等奖啊。"

"再见。"

"要多帮爷爷干活。"

"再见。"

眼泪已经涌上了眼眶，若是再多说一句，广志一定会哭出来。所以，同样的情况，暑假的最后一天在惠比寿的闸机口和母亲分别的时候，他也只是不停地说着一句"再见"。

"这个，你留着当个纪念吧。"

祖父说着，把一盆大朵的菊花放在了三轮车上。广志没看错的话，正是在赏菊大会上得了金奖的那盆白菊。

"这好吗，爷爷。"广志心想。

八千代压住自己百褶裙的下摆坐上了车斗，电动三轮车鸣响了喇叭，缓缓地开了起来。

"明治通那边因为奥运会，路面很堵，我们走小路。"

搬家公司的司机回头看了看八千代说道。

"大道小道都没啥关系，你当心点，这可是没嫁人的大姑娘呢。"

祖父解开束和服袖子的带子，笑着说道。

"让您费心了。"

"没帮啥忙，不好意思。"

望着渐渐远去的三轮车，对谁都没有低下过头的祖父深深地鞠了一躬。突然又对着早已望不见的三轮车"喂！喂！"焦急地喊着，打开了玄关的抽屉，拿出了装奖状的袋子。

"你去，追他们，把这个放到车上。爷爷腿脚不方便。"

袋子上写着"金奖 涉谷区长"。

"真的要送给她吗？"

"这又不是爷爷得的，这是菊花得的奖。"

广志跑出巷子。电动三轮车已经穿过了明治通，过了涉谷川的桥。千香子也从后面追来。

沿着铁路，车子往右一拐，在千香子家门前停下等广志。

"爷爷让我把这个给你。"

接过袋子的一瞬间，八千代将它捧在自己穿着白衬衫的胸前哭了起来。边哭边向司机挥手，示意他继续前行。

"等一下！等一下！"

千香子从一堆旧东西后面跑了出来，差点摔倒，向车上扔了一条旧毯子。

"有点旧了，别介意。"

"谢谢你了。"

广志和千香子又追着电动三轮车跑了一段。突然，广志脱下了运动鞋和袜子，用手提着，继续追了一段。

看着八千代和那株白菊渐渐远去。

"再见！再见！"

广志每喘一口气，就大喊一句。叫声渐渐变成了微小的嘟囔声，直到车子完全消失在秋日的夜晚，广志哭了，嘴里还在说着"再见"。

千香子拉过他的手："真像阿比比。"

广志一边哭一边问："真的吗？"

"嗯，脚底很白，特别帅。"

啤酒厂的钟声响了。只有那边的丘陵还留有一抹残阳的余晖。两个人沿着来时的路往回走。

"先去澡堂吧，得先洗洗脚。"

千香子偷偷看着广志哭泣的脸庞，温柔地说道。

广志在涉谷川的桥上把鞋穿好。

他从钱包里取出车票扔进了河里。车票像一片花瓣，随着流水而去。广志站在桥上望着，那句一直在嘴边的"再见"终于在最后迸发出口。

这最后的一句，带着钻心的痛。

夕映え天使

*
特别的一天
*

1

我知道，这一天迟早会来。

它也终会降临到我头上，这是既定的未来，就算我再怎么没心没肺，也不得不信。但就算这是宿命，当它来临的时候，我还是难以接受。

"部长，您都六十岁了，感觉挺不错的吧。"

中岛一边敲着电脑，一边用他那令人生厌的超快语速说道。

今天，我终于能和他的絮絮叨叨说拜拜了。随便含糊地回了他一句，我便接着整理我自己的东西了。

"说到六十岁……"

我一阵心烦，你又想怎么样，谁都知道从你嘴里冒出来的话都是随口一说又毫无意义的东西。就连开会发言都是这样，今天我是不打算再听你说话了。

"……是吧，所以到了六十岁……"

　　我没理他让他自顾自地叨叨去吧。或许他也是想安慰我一下吧。但他说个不停，我没有说话，开始给他打字发消息。

　　"中岛！"

　　我忍无可忍，打断了他没完没了的絮叨。

　　"我现在也不是要说你什么，但是，你话太多了。没必要在上司面前一个劲地说话！就是因为你在别人安静思考的时候不停地说话，别人才没法好好采纳你的意见。"

　　可能是我说得太狠了。中岛手上的动作停下了，对着我苦笑。

　　"部长，这种事你应该早点告诉我啊。"

　　"或许是吧。"我也苦笑了一下。

　　这家伙确实自我感觉良好，也一直纳闷为什么自己迟迟不能做出点成绩。或许我应该在三年前他成为我下属的时候就告诉他这些。但是大概从那个时候开始我就开始数着日子等退休了，并不想管这些麻烦事。

　　中岛收拾了一下办公桌，把电脑装进包里站起身来。

　　值得称赞的是，他竟然走到了我面前，深深地鞠了一躬，没有多余的话语，只说了一声"您辛苦了"。

"你今年多大来着？"

"四十了。"

"啊？是吗？我还觉得你是刚进社会的小孩呢。四十到六十也就是一眨眼的事，六十也没你说的那么好。总之，也谢谢你，我什么都没帮上你，也怪过意不去的。"

我也站起身，对着这个让人心烦的下属鞠了一躬。

"那我先走了，部长。"

"嗯。"

中岛离开后，我竟觉得办公室变得宽阔了许多。

大营业部的百余张办公桌旁人影稀疏，大部长还在休假，其他几个小部长也都早早地下班回家了。本来我也不想搞什么正式的道别，这样正好。

欢送会上个月已经办过了。还租了酒店的宴会厅，以前倒也经常这样搞聚会。除了出差和休假的员工，基本全公司的人都到了，这么一想，也算是正式跟大家道过别了。

"欸！我抽根烟！"

我向发表演说一般对着空荡荡的大营业部喊了一

句。"您随便！"从远处传来了一位女同事破罐破摔的回复。

其实我也没什么要加班的。就是公司实施禁烟已经很长一段时间了，我就是想像以前一样在办公室抽根烟。虽然每层都有吸烟室，但是今天，我就想征得大家的同意，在办公室里抽。

我拿起烟灰缸，靠在窗边。

今年的夏天，天气异常地燥热。往来的行人零散地坐在车站前面的转盘上，但也都是坐在西边高楼的影子下。

东京到处都在搞二次开发，只有这个车站一带完全没有改变。政府的规划上说，要把周围的楼房都整合成一栋写字楼，但是这一带的土地所有权太过纷乱，一直搁置着。公司这座楼还是东京奥运会的时候建起来的，我也没想到，自己居然会在这里度过了三十七个年头。

曾经我也想过站在高层写字楼上俯瞰东京这座城市，但是对于大多数工薪族来说，这也不过就是奢望吧。像我这样没跳过槽，公司也没搬过迁，三十七年就在一个地方的员工，应该也是没有了。

　　如今倒是觉得，从五楼看下去的风景，越发让人留恋了。

　　中岛斜挎着包从我身边的玄关走了出去，在大楼的荫凉里停下了脚步，似乎是畏惧夕阳的炙热。

　　今年夏天的日头确实毒得厉害，那光线仿佛可以穿透身上的西装。可中岛这样也是有些夸张了吧，倒像是一个小心翼翼的小学生。都说人是年纪越大越像小孩，可我应该和二十年前没什么变化吧，从不会斜挎着包，也不怕冷、不怕热，一直都保持着一个成年人的得体。

　　那小子今晚打算去哪呢？听说他老婆回了娘家，莫非是他们夫妻关系不好？

　　这也不该是我操心的事。

　　"高桥部长！"

　　听到有人叫我，我回过头。大营业部的三个部长里有两个都姓高桥，所以在公司里一般没人这么叫。"昌也"才是大家对我的称呼。

　　雅子送上一支玫瑰，迟疑过后我还是收下了。在我看来，这和情人节大家互送巧克力一样没什么特别的含义。

"您辛苦了。"

说实话，我已经听腻了这句话，哪怕是从雅子嘴里说出来。

玻璃纸包装外系一条细丝带的玫瑰，也成了这灰色办公桌与泛黄墙壁包裹下的办公室里唯一的一抹鲜红。

"最近到处都在卖这个啊。"

我有些着慌，想到就直接脱口而出了这些不当的话。

雅子脸上闪过一丝不悦，当面瞪了我一眼，而后立刻恢复了她天生的笑脸。

"话虽如此，但是部长，真心可不是哪儿都有卖的。"

我为我的失言感到抱歉，但却做不到向雅子道歉。六十岁也就是这样的一个年纪。倒不是为自己辩解，只是这种单支的玫瑰最近不管是在车站的商店还是在便利店里都有，有时候还有外国人站在路边卖，实在是让人无法忍受的潮流。

"这可不是什么赶时髦的礼物，是我的一片真心。"

雅子微笑着，眼眶有些湿润。真心这句话，我不得不认真地思索起来。

那件事过了多少年了？就是我刚晋升当部长的那一年，也就是十二年前吧。这么一算，雅子现在应该也快四十岁了，唉，这个年纪的人真是难琢磨。

像中岛那样，挺大老爷们儿还像个孩子似的。女生要是能永葆青春倒也是好事，但这也只限于女生。

"老姑娘""老处女"这些词都快成没人说的死语了，单身几乎已经成了女性的一种武器，甚至是一种荣耀。就连我们这种传统的男尊女卑的企业，几年前也开始招收女性员工了，部长科长这些重要职位上，也出现了几位女性。

和我分开之后，雅子提出了转岗，去了秘书科。不得不承认，这对营业部来说是一个沉痛的打击。

本来她就很能干，一年之内就从干事升为董事长助理。三十多岁就被提拔为秘书科科长，这在我所知道的人里还是史无前例的。

"能问你件事吗？"

我把刚才的失言含糊了过去，问道。

"嗯，什么事？"

此刻，我觉得雅子的笑容真好看。

"你和董事长说过什么吗？"

我并不想说太多，而是用指尖敲了敲眼前这张自己万没想到能坐到这里的部长办公桌。

"没。这是和部长的约定，我发誓，没有说过。"

雅子依旧笑着，她的话能信吗？

我情绪低落。这几年也没什么大的疏漏，但是始终都没能从这个部长的位置上更进一步。本以为在商品企划部和营业促进部部长的位子上走过一遭，再回到大营业部的时候就能理所应当地升为大部长，结果摆在我眼前的却是这张破旧的部长办公桌。

那时我就怀疑，是不是董事长看重的秘书在他耳边说了什么。

"我可没有那么蠢，部长。"

雅子一下子笑出了声。那意思是说我的秘密也是她的秘密吧。何况，她不可能想不到，一旦丑闻曝光，女性一方会更加难堪。

"不好意思是我想歪了，谢谢啊。"

这个时候我也只能说谢谢了。看来到今天都没能当上董事不是别人的原因，只怪我自己能力和运气不好。

"我只是遵守约定罢了，没必要谢我。不过……"

　　雅子拢了一下头发，看了看大营业部办公室。我突然想起来，这个能把所有感情都掩藏在笑容之下的雅子有一个习惯，就是会在激动和紧张的时候用指尖去拢头发。

　　人声可及的地方没有旁人，但雅子依旧犹犹豫豫。

　　"什么事啊，你直说啊。"

　　笑容又漾在雅子脸上。

　　"今天能陪陪我吗，求你了？"

　　雅子说着，把头发拢到耳后，低下了头。我无法正视她，转而将目光投向窗外黄昏的天空。车站前的景色与往日不同，已被晚霞染成了浅粉色，写字楼面朝湾区而立，玻璃窗映射着的夕阳余晖格外刺眼。

　　"今天是什么日子你不可能不知道吧？"

　　我低声斥责雅子。虽说这是下意识说出来的，但我自信这句话并没有什么过分。

　　"不行吗？"

　　"太强人所难了，你的心意我谢过了。"

　　"真的不行吗？"

　　我又点上了一支烟，毫不留情地说道："肯定不行。"

雅子依旧低着头，像被训斥的孩子一样轻声哭了起来。

我仍记得，就连当初我们突然说要分开的时候她都是笑着的。那个笑容并不是在表达对我的不满，倒更像是安抚她自己的内心。那时候我觉得她是一个听话懂事的女人。

但我总归是一个无情的人。对雅子是这样，或许董事们也觉得我的无情更适合做一个普通的管理者，而并非一个高层。

此刻，就算雅子说她这十二年间心里一直放不下我，我的内心也不会有半分波动。我知道自己的无情，这份无情也不是一般程度的。

"您辛苦了。"

雅子带着哭腔又说了一遍，这句话里，她揉进了所有的回忆。如果这是她等了十二年才终于下定决心说出口的道别，那我也只能客套地回她了。

"你也辛苦了。"

这话确实伤人，可即便她给我一巴掌也没办法，我想不出别的话了。

我拆开玫瑰花的包装，折断了茎，把花插进西装胸前的口袋。我想，至少我可以抱抱雅子，但这个举动，即便是在今天这样的日子，恐怕也是不被允许的。

"董事长走了吗？"

"没，还在办公室呢。"

"是吗，那我去跟他道个别。"

我没有抱雅子，而是把手放在她肩上，轻轻摇了一下她纤细的身子。

"你也早点回家吧。"

"我是董事长秘书，不能早走。"

这是雅子第一次说谎。如果刚才我接受她的邀请，愿意陪她一晚，她应该就会说董事长让她下班了。

这算是她对我的小报复吧。

这间办公室我是再也不会回来了。整理了一下私人物品，再把我用了多年的包也放进纸箱，抱着离开了我的办公桌。

还没走的员工们都过来跟我打招呼。

"昌也部长，你俩关系不一般啊。"

"啊？人家来道个别不是很正常的吗？"

"那我也要哭咯！"

"别说没用的，赶紧回家吧。"

"我倒是想回呢，还有事要加班呢。总之，您辛苦了。"

"好了好了，你也辛苦了。"

之后又和几个人重复了类似的对话，虽然大家都怀疑我和雅子的关系，但是到了今天，也无所谓了。

说起来，员工还真是个奇特的物种。加班侵占了私人的时间，大家却毫无察觉。不，应该说大家都知道，却甘愿为工作奉献出自己的时间。

就职的时候，规定里虽然没有明确说明，但是一个月如果加班超过了100个小时，人事部门就会亮黄牌，不光员工本人会被警告，直管上司还要被迫制定减少加班的对策。当然了，如果不超过100个小时，只加班70个小时的话，那就可以算作义务加班了。

我年轻的时候，大家都是冲着加班费去的，正经工作时间反倒不认真，倒是现在的年轻人都很能干。以前领导们每天都在喊"赶紧干活"，现在却都在喊"快别干了，别干了"。

空调太过强劲，搞得楼道里冷得透骨。楼道的尽头是玻璃门的吸烟室，里边正在抽烟的，是今年春天新入职的年轻员工。

　　我走到近前，用对方可及的声音对着玻璃门里边喊道："没事干就早点回家！"

　　"在家才没事干，还是在公司好点。"

　　那人的声音里带着一丝怒气。不过他说的也有几分道理。我也经历过，没有对象，没人等我回家，也就没了按时下班的理由。

　　现在的年轻人不似以前那么爱顶嘴了，都是恭恭敬敬的。就连那人也是，回了一句之后就挺起身，熄灭了烟。

　　"昌也部长，您辛苦了。"

　　我扬手回应了他从玻璃门另一侧传来的含混不清的声音，而后进了电梯。

　　转头看到雅子还低头站在我的办公桌前。她，应该也是没有恋人，没有等她回家的人吧。

2

　　"哎呀，我还以为是谁呢，是你啊，昌也君。"

　　若月肩上搭着高尔夫球杆朝我走来。这家伙，多大年纪都改不了这种滑稽的本性。

我从空无一人的秘书室出来，正遇到他跟我打招呼。

"跟你告个别，稍微坐会儿？"

我们当初是一同入职的，但我没有他那么会说话。要说我俩的关系，也算是冤家了。

这么说可能容易产生误会，不过这都是拜社会太看重学历所赐。我俩中学六年都是同班，毕业之后我俩都没工作，又去读了预科，还是同班。第二年，好不容易考上大学了，我俩还是同一个系。找工作面试的时候又碰到了，那一瞬间，我都觉得腻歪透了。

据说像我们这样的关系在一流企业和政界中并不少见，毕竟那些人从出生开始，精英人生的命运就被安排好了，经历这些过程都是必然的。那种超一流的人生是注定的，没什么旁支的，但对一般人来说，人生有无限选项，就这样，我和若月还能有这样的关系，那只能说是缘分了，或者说，这就是孽缘。

学生时代我们就相处了十一年，工作之后又在一起三十七年，这么一算，我们相识也快半个世纪了。

"别人都回家了吗？办公室还有人吗？"

若月依旧扛着球杆，打开秘书室的冰箱拿了听啤酒。

"我刚才见到秘书科科长了。"

"嗯？鸟居雅子吗？她还没下班啊？"

"特意来跟我道别的。"

我偷偷瞥了一眼若月的脸色。老板和美女秘书这种话题在色情小说和成人电影里早就司空见惯了，会往这方面想也是人之常情，更何况我和若月关系不一般，他要是这么怀疑我也不奇怪。

"哦？不是跟你道别吧，鸟居是不是喜欢你？"

"别开玩笑了。"

若月哈哈大笑起来。这家伙看上去就面善，说好听些那是表里如一，说得严重点，他就是太过单纯了。所以他一笑，我的担忧也就打消了。

留心观察一下也能发现我和雅子之前的关系吧，还是说他觉得这种事没什么大不了的？

董事长办公室的百叶窗拉着，叶片间隙透过的光线仿佛一柄利刃，划过偌大的办公桌和会客家具。空调依旧冷得冻人。

"这么多年辛苦你了。你一直都挺想做得更好的吧。你别把我往坏处想啊。你来找我是不是想揍我一顿啊？"

"怎么可能呢。"

我打开啤酒，往沙发上一靠。

几年前公司进行了一波人事大调整。随着能力超群的前董事长卸任，志在接任这个位子的年轻董事们纷纷抱团。

当时大家都说年纪最小的若月接任董事长一职是能力超群，但其实并不是他超越了所有人，而是前任董事长的决断让所有人都被超越了。

"替我开脱吗？"

若月与我相对而坐，嘴唇已经被啤酒浸湿。

"你要不想说的话，不说也可以。"

"不，我要说。当年没把你提进董事会，是个错误。"

论资历和业绩，当初我升为大营业部部长并且进入董事会是顺理成章的，可人事调整的结果却是让我去破旧的营业一部做部长。

"当时就是在这个屋子里。你跟我说的任免消息，我真是不敢相信。"

我小心翼翼地说着，不让若月听出我内心的恨意。

"你也知道，之前的董事长退得很干脆，什么都没交代就直接走了，所有的事都丢给了我。当时有人带着那十个竞争董事长位子的候选人还有顾问来劝我辞职。这种事刚出，我不可能对你有优待的。"

"原来如此，不过我们也没有那么亲密吧。"

"啊，确实不是很亲密，哪怕到现在都不是。但是啊，昌也，我们从中学开始就一直是同届的事没有人不知道。这都成了大伙当下酒菜的笑话了。"

事到如今，这些事我虽不想重提，但又不得不去想。我总觉得若月说得太简单了。

至于我和他的这段孽缘，我从来没有认真地思考过。确实没有什么能证明他说的那些事纯属偶然。可是如果从学历社会的构成来看，提拔我也未必会显得不正常。

然而，如果他说的并不是偶然的，从社会构成的角度来看也没有什么不正常，一切都是我必然会被算计的话——

"那个，若月，你是不是有什么事瞒着我？"

见他惊得目瞪口呆，或许是我多虑了吧。

"你这么说的话，我们本来也不是什么肝胆相照的朋友，立场又不一样，我没和你说的事可就多如牛毛了。"

"立场又不一样"这句话让我很是不爽。我像是证实了自己不经意的假设，声音也变得粗暴起来。

"从中学开始你就一直跟在我屁股后边吧。我去了田径队之后你也去了，运动会的赛马比赛你也跟在我后面！"

也不知道我自己到底要说什么，只见若月靠在沙发上，那表情不是呆滞，倒像是心事被人戳穿一般的迟疑。这下我确定了自己的假设。

"修学旅行的时候我们在一个组，你是怎么打听我的志愿的？为什么我们预科在一起，大学也是同一所？在那个工作任你挑的时代，为什么我们连就职的公司都是同一家？明说了吧，你要当我什么都不知道，那就大错特错了。"

我将啤酒一饮而尽，也不顾嘴角漏出的酒已经沾湿了领带。之后稍稍稳了稳自己的情绪，尽量压低声音逼迫道。

"高中马拉松比赛你一直紧跟在我后面，大家中途都被人拉开了距离，但是你就认定只要跟紧我就准没错对吧。然后你就一直瞄着我，一直到人生的重要阶段你都顺风顺水。你是真厉害啊！若月，这将近半个世纪你都瞄着我生活，现在总算能摆脱我了。你也别说什么场面话了，总而言之就是你这辈子玩得很好，我这辈子被玩得很好，仅此而已。"

我拿着啤酒的空瓶朝若月脸上扔去，嘭的一声正好砸中他的额头。

我控制住了自己的冲动，不然真想上去掐死他。到如今，就算揍他一顿也无济于事了。

"别这样，昌也君。"

若月难过地拾起地上的酒瓶。

"你还有很多想说的吧，但是你也不想晚节不保不是？"

我说了一大堆不堪入耳的话，但若月那不恐惧也不愤怒的表情倒是让我平静了下来。

胜负已分，晚节不保之类的话我是不在意的，但我也确实不够干净。

"这是个误会。"

若月小声嘟囔了一句，让人颇感凄凉，但他并不想解开这个误会，反而更让人可怜地说道。

"这真的是个误会，但是要是能让你高兴，你拿这个球杆把我打死都行。"

我甩开他递来的球杆站起身。

"我们去老地方喝一杯吧，就像以前一样。"

"不了，我要留在公司。"

若月抬头望向挂着历代董事长照片的墙壁。

我们公司虽然算不上什么一流企业，但是从最开始白手起家，艰苦奋斗到现在也有百年历史了。照片上的创始人穿着立领衬衫，留着利落的小胡子。后面的历代董事长看上去一个比一个年轻。

看着都和实际年龄不相符。这百十年间，人类就是一代比一代显得年轻的。这么一想，反倒觉得让整个公司从里到外都焕然一新的前任董事长是位了不起的人物。

"为什么会是我呢？"

若月无精打采地说道。

"赶紧回家去，你也挺累的吧。"

"不，我还有事。"

我走出董事长办公室。用手松着领带走在楼道里，思考着若月比我优秀的地方。

他待人接物都很诙谐，这是个优点。但是提拔他的话，我真想不出他有什么能力。换句话说，有没有他的存在都不会产生什么太大的影响。或许正因为这样才会选他当董事长吧。

电梯门即将关闭的时候，本已恢复安静的楼道里传来若月刺耳的尖叫声。

"为什么会是我？！"

那一刻我又意识到一点——他的责任感很强。

3

都说大企业的员工没什么归属感。

或许是这样，但社会知名度较低的小企业不也一样吗。

正确的解释是公司越大，终身雇用的员工比例就越高，福利待遇也就越好。这样一来，公司变得像社会一样，员工的归属意识也就淡薄了。

我觉得照这个说法，500个员工左右的中型企业里员工的归属感应该是最强的。

我们公司资产丰富，又有积年累月稳定经营形成的企业文化，谁都不希望公司的发展是兼具风险的。因此，在日本经济高速增长阶段我司没有什么飞跃性的发展，但也由此避免了泡沫经济的诱惑。

我走出玄关，回头望了望公司的大楼，在过去的37年间，这里确实是我的归属。

就算这里是当初东京奥运会时借势建的，但外部设计全是钢筋和玻璃，实在是欠缺美感。我入职的时候这栋楼力压周围的建筑，如今它却成了这片地皮二次开发的绊脚石。

走出办公楼影子下的荫凉，在车站前的广场，我又一次回头。那七层楼的窗子上，到处都徘徊着我的归属感。

随便吧，反正我也摆脱了。

我检过票就走进了这条三十七年来一成不变的高架下的路。这么多年来，让我觉得一天终于结束的不是走出公司的那一刻，而是踏上这条老旧石阶和瓦片铺成的道路的时候。

往前稍微走一走有一个只够一人通过的狭窄小门，后面有一排地下室一般的小酒馆。我担心常去的那家没开门，要是那样的话今天这个日子可就太让人失落了。

走过昏暗的小门，让人意想不到的是，每家店门口都熙熙攘攘。

我常去的那家店是个小馆子，只有一个供人立饮的马蹄形吧台。墙上挂的菜单是一块木板，被油烟腻得已经看不清字了，没什么实质性的作用。不过，估计也不可能有过路客会来这家店吃些酒菜。

老板娘看到了我，让吧台的客人往两边挪一挪。我光顾了这里三十八年，吧台是有我固定的位置的。

我爱喝酒，却讨厌应酬，因为我实在不会恭维别人。我也不喜欢下班回家的路上顺便和同事们喝上一杯，所以我一直都是一个人来这家店。

我会先喝一小扎生啤，然后再喝一杯凉的烧酒，仅此而已。除了当天供应的餐前小菜以外，我也从没点过其他吃的东西。

"我还担心您这里今天要是关门了可怎么办呢。"

我接过扎啤说道。老板娘看着我，一时觉得有些摸不着头脑。回想起来，我确实是没怎么和她主动说过话。这么多年，我每天都是一个人来，喝完啤酒和烧酒就走，前后也就十五分钟。这里对我来说不像是个酒馆，倒像是回家必经的一个普通的地方。

"今天？没理由关门啊。这么长时间多谢您照顾生意啊。"

老板娘身边有个我认识的老伙计看着我。

"应该是我谢谢你们才对，从我刚进公司开始到现在，这三十七年承蒙你们关照了。"

"啊，是呢，认识我们比认识你太太时间还长了吧。"

我不想多聊。不管发生什么事，我都不想把今天过得太过特别。这是我今早睁开眼立的志，夸张点说，这算是我作为一个人的矜持。

万幸，老板娘也没有要跟我聊太多的意思。因为今天店里比往常都热闹。

我一下子想不起第一次来这里是什么时候了。当时刚进公司没几天，我不可能一个人跑到这种离公司没几步远的酒馆喝酒的。

抿一口酒，我极力地想要回忆起这个值得纪念的日子。

"是冈田……吧？"

刚想到日子，我就把当时带我来的人的名字脱口而出了。虽然我不想承认自己老了，但最近确实添了一个毛病，想到的东西就会自言自语地嘟囔出来。

"啊，冈田啊。"

应和我的是这家酒馆的老板。我感觉这好像是第一次听到这个老头的声音。

"冈田当初带过好几个年轻同事过来，后来还来喝酒的就只有你一个人。"

这老板也真是不会待客，跟我说着话，手上还穿着烤鸡的串，连头都不抬一下。

冈田科长还没退休就去世了。当时国家规定的退休年龄还是五十五岁，这么一想，科长走得真的太早了。不过他当初也确实是老态龙钟的。三十年前，男性大概都是那种状态吧。

我进公司前的几年，公司刚刚改了招聘制度，开始只招收大学毕业生。冈田就是在那之前招进公司的高中毕业生，算算他的年纪，他应该是新学制实施前的学生吧。说起来，我一直都不知道他在公司具体是做什么的，只觉得他是一个没有实务的科长。

之前他负责新员工的培训，可培训应该只有两个月啊，那他平时都在干什么呢？

公司里一直都有一些不知道其存在有何意义的人，

说直白一点就是吃闲饭的。所以也没必要纠结冈田的工作内容，此刻我更想回忆起来的，是他带新员工来这里喝酒的时候若月在不在其中。

听说小脑萎缩会让最近的记忆出现混乱，同时会让久远的记忆变得更加清晰。想想我这个年纪，也确实是这样的。

我努力回想着。这种事本来也无所谓，但我就是想在这种和从前一样的氛围下回忆起当初刚进公司时的若月是什么样子。

"若月啊。"

就在我自言自语的时候，老板拿起了搭在他脖子上的毛巾擦了擦那没几根头发的脑袋，依旧头也不抬地说道。

"若月啊，就是你们公司的董事长吧。之后有段时间他不是和你一起来喝酒的吗？"

有关这种事的记忆，早就被数不清的应酬冲淡了。

"我在想冈田第一次带我来的时候他是不是也在，毕竟我们是一起进公司的。"

老板不假思索，答案脱口而出。眼前的烟熏得他直眨眼睛。

"在啊。冈田带着你和若月，还有三个不知道叫什么的人。当时就在那边。"

老板用手指扒下被油烟弄得看不清本来模样的老花镜，望着摆在过道上的桌子。

"哎呀，记性真好啊，我自己都不记得了。"

"哪有，就跟昨天的事一样。顾客自己不当回事，咱可是做买卖的。"

老板把一串刚烤好的串放在盘子里递到我面前。

"我没点啊。"

"不要钱，谢谢你一直照顾我们生意。"

我咬了一口香酥的鸡肉，瞬间记起了许多若月年轻时候的事。他就是爱吃东西不爱喝酒的。

我的目光转向过道上的桌子。当初我们就是在那喝酒的，小门外就是空调外机吹出来的热风，以及汽车排出的尾气。

我和若月都没有特意邀请对方参加自己的婚礼，出席各自亲属的葬礼也只是出于公司同事的关系。换句话说，我们的关系也就是那样。一起来这喝酒应该也是下班的时候大家在公司门口碰到了，然后一路走到车站的闸机口，不知道是谁提了一句说喝一杯，就一起到这来了。

隔着烧烤的烟，我把签子递给老板，一时间竟在他的身上看到了冈田科长的影子。他们有点像，老板大概七十多岁，当初还不到五十五的冈田科长，面相就是这样的。

冈田科长还在上着班突然就死了，当时我也没觉得怎么样，可能是因为年轻吧。那时候我觉得人只要一过五十就算是老人了，什么时候死都不稀奇。

人们说的平均寿命，不就是让人算算自己还能活几年吗？公司里每年都会有一两个人离世，葬礼参加得多了就觉得什么平均寿命也是没保障的。这么一来，我对工作倒是更加投入了。

当时的退休年纪是五十五，就算冈田科长是五十五岁去世的，他也比现在六十的我看着要老得多。倒不是看着面相老，而是体力、精神、待人接物的反应速度各方面都比我现在还要差很多。

不过，也不知道我们俩到底谁才算幸福。虽然冈田科长每天无所事事，是个挂名科长，但他也是在一堆人的送别之下离去的。

我不讨厌烤鸡，但我有个怪癖，就是喝酒的时候不吃东西。一起喝酒的人都说这样对身体不好，老婆也是每天晚上都要反复唠叨。

酒就是我的晚饭啊。所以社会上开始爆发上班族肥胖问题之后，我就干脆连东西也不吃了。因为我自己知道，这个习惯对身体也未必就是坏事。正因为如此，同事们一个接一个地发胖，我的体型却还和年轻时候差不多，血压、胆固醇、肝脏情况也都是正常值。

今天我破天荒地吃了一串烤鸡，毕竟不能无视了老板的一番心意。

"不许吃！"

另一个自己在我耳边说道。

"不要吃！"

我不知道那是神明还是魔鬼，那个声音就和我儿时第一次从录音机的磁带里听到的自己的声音一样，清晰地回荡在我耳边。

说什么不要吃。

这怎么可能呢。就算是我不想吃也不能不吃，这么多年连个假期都没有地上班，就连今天这个日子我都还和往常一样喝着便宜的小酒。

"老板，再来一杯。"

我毫不理会那个不知是神明还是魔鬼的声音，递上了空杯子。

老板抱来了一瓶一升的酒给我满上了杯，好像想说"哎呀，少见啊。"

以前我倒是有过只喝一杯啤酒的时候，但是连着点了两杯凉烧酒的情况倒还是头一次。对我来说，这家店不是酒馆，而是给我的一天画上句号的地方。遇到让人不爽的事想借酒消愁，或者特别开心想喝酒的时候，在这里都能平复心情。

早上起床的时候还立志不把今天过得太特别，结果临了了却在这里破了戒，我有点后悔。

嗫了一口满得要溢出来的酒，我开始重新思考今早立志的合理性。

可能我不这样立志的话，就没有自信度过这样的一天吧。

就像那个讨厌的中岛，也不是因为今天这种日子，我才会想要教育他的。

雅子来找我，我也是想对她说"我真的很想和你在一起，我一直想着你"的。

还有可能我早就揍若月一顿了吧。

114

　　或许还会有更多丑态百出的事。所以我才像个要战死沙场的士兵，立志绝不把今天过得太特别。

　　如果没有立这个志的话，那我今天就直接不来上班就好了。反正欢送仪式和手续也都办完了，也没什么岔子。之所以还是来了，是因为我有信心像往常一样按时下班出门，不把今天搞得太特殊。

　　回头想想这一天。

　　说了中岛几句，拒绝了雅子的邀请，把空易拉罐扔到若月头上。还可以，都在可以接受的范围之内。

　　这么一想，多喝一杯酒也不能算是破了今天立的志。思前想后，这些都是我平时的风格。一直都在失态的边缘理性地悬崖勒马。

　　小口小口地喝着酒，我苦笑起来。作为一个上班族，我没什么突出的业绩，也没有因为这些而被人看不起，既没能像若月一样，也不似冈田科长那般。我这一辈子，注定就是以营业部部长的身份迎来今天这个退休的日子了。

　　我把杯子里的酒一饮而尽，接受了这个事实。

　　"结账！"

　　老板抬头看了我一眼，可能是我眼花了，竟从他的神情里看到一丝悲伤的情绪。

"今天就免了吧。"

我理解他的心情，可要是接受了他的好意，今天不就变得特别了吗？

"那可不行。"

说着，我把比实际消费要多的钱放在柜台上起身走出了酒馆。

过道里的昏暗比往日又添了一份湿漉。是因为这份湿气吗，没走几步我就觉得胸口不适，头朝着墙，吐了。

可能是因为多喝了点酒吧，没想到自己的身体竟然会这么在意今天这个日子。

冈田科长的声音突然回响在耳边。现在想想，我没有厌弃过自己的身体，也没有怨怼过社会，待人接物都有度，如果能像他一样把一切都放下，或许会更幸福吧。

——"我刚退伍的时候吧，这片地全是黑市，就是一排铺着草席的小破房，公司老房就盖在最前边。每次我一往外看就打心眼里觉得自己运气太好了。你们要不这么想就要吃亏了。我就觉得自己太幸运了，运

116

气太好了。"

4

这一天，实在太累了。

六十年来的劳累，尤其是这三十七年间的劳累，都一股脑地袭来了，一上电车我就瘫在了座椅上。

车里倒是出人意料的空荡，手里的包和纸袋都不用放到行李架上了。电车穿行在黄昏与深夜的间隙，向家里疾驰而去。

手机的振动刺激了我的腿，是家里那个臭小子发来的信息。

我一直认为给儿子取名叫翔太是个杰作，但是他幼儿园开学仪式的时候我却吓了一跳。光叫翔太的就有四个人，还有一个是和他同名同姓的，都叫高桥翔太。当初我和老婆想来想去才给他取了这个名字，看来我们俩都没什么创造力，就是个普普通通的人。

今天这个日子，我本想着要在家里庆祝一番，结果一个星期之前我给儿子打电话，他说他要去儿媳妇的娘家。

好像是和他老妈吵架了。这种事我当然是不可能插嘴的。他也不是耍性子，应该是有自己的想法吧。我和他妈都不是什么有才华的人，但是做事都会考虑周全，翔太也是把这一点继承得很到位。

"爸，不好意思。不过您一直跟我说，进入社会之后要先考虑公司再考虑自己，结婚以后要先考虑家人。请您谅解，我尊重老婆孩子的意愿，假期就在前桥过了。这么多年您辛苦了，我很感谢您。"

我想回他，但是又不知道该说点什么。

他说的倒是也对，不过要怎么结束这段对话倒是让我犯了难。一般我的做派是没必要回复的信息就直接不回了。

要是让他觉得我在闹脾气就不好了，于是我就回了一句"知道了"。这样就差不多了。

我又看了看列表，怕是还有别的信息吧。我习惯把手机调成振动模式。手机揣在裤子左边的口袋里，站着的话是感觉不到振动的。从董事长办公室出来之后，我这一路都是站着的。不对，回过头想一想，白天在公司，这一天我也一直是走来走去的。

果然，有一堆未读信息。我惊讶于居然有这么多人知道我的联系方式。从下属、同事、退休的前辈到初高中常联系的同学，再到长期合作的客户，都在今天给我发了信息。午休的时候我应该已经都看了，现在这些估计就是下午发来的吧。

我没心思一条一条地读完。内容肯定都和贺年卡上写的差不多，都是一堆社交辞令。大家都烦这些东西，却还要假装真心实意地写，这就是日本的陋习。随着年龄的增长、地位的攀升、交际范围的扩大，收到这种信息的数量就会越来越多，实在是令人心烦。

前任董事长是个主张合理适度的人，像这些虚情假意的礼节他都是禁止的。他在任的时候规定同事之间不能互相送贺年卡、暑期问候明信片以及年末问候之类的东西。

我很感激他。虽然这些都是只限同事之间的，不过免去了虚情假意中最麻烦的一环，已经让我的精神负担减轻不少了。

前任董事长可不是只有领导才能。虽然他很独断，也不管董事会那些废物，但是在他身上你感觉不到权势欲。而且他人缘很好，很会笼络人心。

比如说当初宣布禁止虚情假意的礼节时，通知书上就很聪明地写了一个例外。

"但，女同事送给男同事的情人节礼物和男同事回礼给女同事的白色情人节礼物除外。即禁止面子工程。"

大家都很佩服他的举动。严禁碍于面子送的礼物，事实上就是把这种陋习给扼杀了。我理解，他的初衷是禁止虚情假意的礼节，让大家更重视真诚。

我滑动屏幕的手指停住了，一个只用罗马音备注了姓名的发信人让我难以置信。那是前任董事长发来的信息。

点开信息之前的我还在纳闷呢，他怎么会知道我的联系方式呢？完全想不到答案，也就只能当是他卸任的时候把员工的个人信息也都带走了吧。还真是才能出众呢。

"高桥正也部长，这不是发错了信息。在我看来，评价最高的是高桥正也，第二是若月卓郎，所以我选定了若月接任我的位置，而让你继续留任部长一职。别瞎想，这是我对你的照顾，因为你是对公司最尽心的下属。直至今日我都没有告诉你，也是出于对你的关心。这么多年辛苦了，你做得很好。"

反复看了几遍信息，一种意外的感触涌上心头。我用指尖抹了抹眼角。

这条信息一定要回复的。

"感谢您的厚爱。这绝非客套的虚情假意。您也辛苦了。"

我把手机揣回口袋，扭身看着窗外的风景。

三十七年来早已看惯了的护城河景色从眼前飞过。如果只是这里的话，那么从预科到大学毕业的五年里我也是看着这些画面的。这么算下来，四十二年间，天天都是如此。

东京到处都在发生变化，只有这里的风景神奇地保持着原样。如果是花季，这里会更美。

空荡荡的楼道里听到的那声若月的吼声一直回荡在我耳边。

"为什么会是我！"

刚刚我应该回办公室去安慰他一下吧？

"你会那么说，也是出于无奈吧。若月，是你没有意识到前董事长的想法。任何时候公司都需要董事长，你比其他人的责任感都强，也更有勇气。你辛苦了。"

窗外，天转眼就黑了，就像舞台上转场的时候灯光一下子就暗了似的。车厢里空荡荡的景象也随之映在了车窗上。

坐在对面的乘客胸前别着一支时下流行的玫瑰。

别过来！我不认识你！

"嘿，咱俩年纪差不多啊。"

那个男人坐到了我旁边。

"您到哪？"

我重新坐好。昏暗的玻璃上，映着两个西装胸前别着玫瑰，筋疲力尽的战士。

"到西荻。"

"离得近就是好啊，我到丰田。"

"那确实不近啊。"

"是啊，三十分钟，来回就要十个小时，而且就这么来回了三四十年，不是傻子都坚持不下来。"

他不像是喝多了，但是这样套近乎的可怜相才让人无法忍受。而且他身上的那股老人味儿更是让人想背过头去。

"别说得那么可怜好吗！"

我不屑地说道。

"那聊点随便的吧。我以前就很纳闷，为什么大家都把西荻洼简称西荻，省略了也没简单多少啊。"

这话题确实挺随便的。然而，车窗上映着的这个男人表情透露着不弄清楚这个事情就死不瞑目的讯息。

"什么呀，武藏小金井不也是叫小金井嘛，还有武藏境，也有人就直接叫境。"

"不是啊，那不一样。武藏也是那一片区域的名字，所以带武藏的只能简称小金井和境。东中野也是简称东中，但是你不会把东小金井叫东小金吧。结果西荻洼却简称西荻，你不觉得这样很没礼貌吗？当地人不觉得奇怪吗？"

这种随便的话题，我觉得还不如刚才那种可怜兮兮的话题呢。我正在暗想，结果话题又突然转变了。

"都七点多了，您家里人都等着您呢吧？"

"应该是吧。"

那个男人双手抚过白发，低下了头。

"我老婆一年前移民夏威夷了，她跟我说让我过后也过去，我觉得她不是真心想让我去，就一直没动。结果就一直没休假、一直到了今天。"

单身女性移民海外倒也不是现在才有的，但是这个势头流行起来之后就开始出现了有家室的妇女抛弃丈夫去国外生活的现象。不用想，他老婆说让他过后也过去肯定不是真心的，就是一句踹了他的话而已。

"那你孩子呢？"

"有个女儿，嫁人了，我也不能说叫她回来吧。"

我终于明白这个男人坐过来的目的了。他是觉得我们同病相怜，想叫我一起去喝一杯吧。

都是些似是而非的事情。就算我和他境遇相同，我的原则也不允许我和一个不认识的人相互慰藉。

所以在他向我发出邀请之前，我果断地拒绝了。

"您的心情我也不是不理解，不过我家那位没移民，没出阁的姑娘也在家等着我呢。"

"啊？"

男人一惊，说出了一句羡慕的话。

"您这么幸福的吗？"

"是啊，不过我觉得这挺普通的。"

"一点都不普通啊。您应该是个挺踏实的人吧？"

"没有没有，我不踏实，老婆孩子倒是很踏实。"

"所以她们才这么爱您的吗？"

"这个，怎么说呢。老夫老妻的，都这把年纪了还爱来爱去的，这是美国人的说法吧。我还真想不起来要怎么跟您解释。"

"那她们为什么能等您啊，您家里人这么做的理由到底是什么？"

"打住吧，您问了也没什么用啊。"

"一会儿到了新宿一起去喝一杯吧？"

"多谢您的好意了。您还是去找一个跟您遭遇差不多的人吧。平时这辆车里应该还有几个人的吧。"

我拍了拍男人的背。知道他没有恶意，但我现在有点分不清，我的家人和他的家人到底哪一方才是正常的。

我拎起包准备下车时他回头指了指我胸前。

"徽章不还给公司吗？"

别的公司什么制度我不知道，我们公司是没有这种规定的。莫非这个男人所在的公司是个名企，徽章被人乱用了会引起很多麻烦？

男人下车后我开始思考怎么处理这个徽章。

我确实很冷漠，不过多多少少也会担心老婆的反应。她在玄关看见我的时候，我胸前到底是有徽章好，还是没有徽章好？我很迷茫。

我把玫瑰扔了。

徽章也摘了下来，放进口袋。

向来没什么决断能力的我，竟然出奇地在犹豫过后做出了决定。

5

我一直都很诧异，西荻洼车站前这么多年都没有变过样子。

咖啡店里灯火通明，出租车悠闲地等着乘客，公交司机看着手表。样样都没有变化。

我出生在这里，也长在这里。杉并区的高档住宅小区对我而言既是自己的小家，也像是一个小村庄。老婆的娘家离得也不远，可以说我是东京为数不多的当地人了。

我家离车站很近，但也没有近到会被过往的电车吵到的地步。

三鹰有个军需工厂，祖父原来是那里的技工，是他建了这座离他上班的地方很近的房子。我父亲是停战那年入伍的，结果只在九十九里滨挖了挖防空战壕就复员了。而后，他从青梅街道对岸娶了个媳妇。我母亲直到弥留之际还在念叨，两家离得太近，她走着就嫁过来了，太没面子了。

我老婆娘家离得也近，但还不至于盘着头发走路就能嫁过来。我们在市中心的酒店里举行了结婚仪式，还在当时很火的关岛宴请宾客，又度了蜜月。那之后，我们的儿子出生，又有了女儿。再之后，父亲离去、母亲谢世……

这就是我们这个幸福之家的过往。放在农村，我们或许就成了模范典型了。可在东京，一家四代人相继住在同一座房子里，也不是什么不寻常的事。

翔太读的大学比我好，上班的公司也比我强。刚一结婚他就搬到了公司的职工宿舍。不过现在这个时代，也不会因为他家里有能继承的房子就被人说三道四。我和老婆本打算在他结婚之后买间公寓，刚好翔太一家子要搬回西荻洼的房子，这倒是凑巧了。不过我们没跟他说，想指望我们是指望不上的。

小区里道路宽敞，绿化也好，在我的记忆中，这里除了各家的房子在不断改建，其他的毫无变化。

硬要说有什么不好的话，那恐怕就是有一些没过户的房屋土地被划分成了一些小块，建起了几栋商业住宅。原来这里的区划是很漂亮的，结果现在越来越俗气了。

　　夏天夜里，这边很潮，我总是在想，或许是因为房子周围是浓郁的树林，湿气才会增加的吧。晚上湿热，白天反而很凉快。这样一来，冬天也不会难挨，而且春天的樱花和秋日的红叶也都漂亮得很。邻居们从我父亲那辈开始就陆续都在轻井泽和箱根买了小别墅，一到夏天，这里尽是空房子，不过我们家没有富裕到那种程度。

　　踩着街灯下自己修长的影子，我又想起了电车里跟我聊天的那个男人。他说过他家在丰田。我们这代人，到了适合买房的年纪却赶上房价飙升，要是买个独栋，那差不多一辈子都没法搬走了。稍微晚一点的人要买房就得背上一辈子都还不完的贷款，买完房又赶上了房价大跌。

　　这种情况我再清楚不过了。想到这些，我觉得确实是没有比我更幸福的了。

　　老婆走了，女儿嫁人了，那他今晚能去哪呢？

　　再看看我，家离得近，老婆和女儿都在等我回去，儿子也发来了信息，还有想跟我再甜蜜一晚的情人。这

　　么一想，也算是丰富的人生了。

　　即便如此，我依然要坚持自己立下的承诺，绝不把今天过得太特别。正因为我被赋予了丰富的人生，我才必须冷静，就像今天一样，也像前天，像一年前，甚至像十年前一样。

　　杉树林中，两百四十多平方米的土地，足够两代人住了。可我老婆第一个出来反对，因为她还要伺候麻烦的公婆。

　　结果，这栋七十多岁的房子就被彻底改造了，大门和院墙也都换成了明快的南法风格。

　　其实在决定改造的时候我们并不知道什么是南法风格。在我连续工作了三十年的时候，迎来了人生中一次超长的假期，我毫不犹豫地就带着老婆去了普罗旺斯和蔚蓝海岸。

　　老婆大赞"真是不一样啊！"，不过倒也没有痴迷于设计师所说的"南法风"。结果，旅行回来之后，她就在房子的外观上下了一番功夫，连家里种的花的品种都给换了，俨然一副法兰西南部的风情。

　　这也让我转变了一直以来对她的看法，其实她不是没有思想，而是一个细腻宽容的女性。我想，她唯一无法改造的就是她的丈夫吧。

　　站在家门前，我擦了擦汗。小时候一下雨这里就泥泞不堪，路面能把鞋子粘掉。后来铺了砂石路，不久又换成了柏油路。就连房子周围为了排水做的侧沟也不知道什么时候被填平了。

　　周围的环境也不用和以前做对比，一想就知道也被改造得适宜居住了。

　　推开自称是南法风格的大门，就看到了杉树围绕中的家。

　　大概十年前，为了改造的事我和老婆吵来吵去。我主张把房子拆了重建，老婆却说要改造，最后还是我让了步。其实怎么算都是改造比重建更花钱啊，我跟她吵也是正常的。

　　对这个我出生又长大的房子，我是没什么情怀的，或者说我是不愿意去正视这个来自祖辈和父辈的恩惠。但是老婆应该是很看重这份恩情的，所以就算是要多花钱，她也要坚持只进行改造。

　　房龄七十年也算不上是古民房，改造的话也不损害我这种昭和中产阶级的权威和自负，融入先进的设备和南法风的美观还能让房子焕然一新。

　　这么一来，翔太一结婚我们老两口就搬到市中心的公寓去的计划就要被迫取消了。因为改造花超了，连存款和退休金都用上了。

　　不过，我倒觉得这样也好。

　　虽说是比拆了重建要多花了好多钱，但是这栋老房子改造的结果我是很满意的。原木老旧木材的温厚和抹灰墙的静谧，以及祖父引以为傲的那些像舞厅一样的彩色玻璃，要是没点年纪恐怕是理解不了的。

　　今天这个日子能在这样的房子里度过，我真是越想越觉得开心。

　　"我回来了。"

　　我不假思索地喊了出来。刚说出口我就意识到这是我最后的一次归家宣言，要是能郑重一点就好了。

　　"爸，你回来啦。"

　　挂着蕾丝窗帘的二楼阳台上，沙织探出头来说道。

　　"你妈呢？"

　　"在院儿里呢。"

　　要我自己说的话总有些不要脸的意思，但我就是喜欢女儿这股机灵劲儿。不光如此，她的性格和长相，简直就是完全遗传了我和她妈妈的优点，一点缺点都没随。

　　给她取名叫沙织也是我自认为的神来之笔，结果就光这附近的同龄人中就有两个叫沙织的，有一个还和我女儿同名同姓，都叫高桥沙织。

　　我把包放在玄关，向连接后院的蔷薇拱门走去。

　　"爸！"

　　夜晚盛放的蔷薇上方，铁线莲攀爬着墙壁。沙织的声音从花影上飘下。

　　"您辛苦啦！"

　　我只得佯装无感，回了一句"嗯"。今天绝不能过得太特别！

　　"等会儿跟您说件事。"

　　"现在说就行。"

　　"不，等会儿。"

　　我心里嘀咕着等会儿是多会儿，完全没有在意她要跟我说的是什么。性格温顺的沙织是不可能跟我提什么为难的要求的，就算是，我也会欣然接受的，因为我就是宠她。

　　转头我就继续嘀咕着，等会儿是什么时候。

　　我走进深夜中的院子。

　　"啊，回来啦。"

132

　　老婆之前并没注意到我，因为起居室里开着收音机，声音很大。

　　我老婆夏子是个奇怪的女人，她不爱看电视却喜欢听广播，不爱看杂志却喜欢读小说，也不用电脑和手机。

　　"怎么样，你这前半辈子都是为了今天。"

　　夏子用满是泥巴的手拍了拍腰，看着院子，好像我说什么都无所谓。

　　她一整天的事大概就是照顾这些花了吧。不过我还没有好好看过被她打理得百花齐放的院子。

　　"好了，这下就可以了。我在周围都种了粉白的日日春。往里一点用牵牛花把颜色区分开了。二楼阳台上不是有九重葛嘛，墙上是铁线莲。不过呢，最主要的还是蔷薇。大体上是纯白的夏之雪和大红的多特蒙德，花坛上是大朵大朵的雅克卡蒂亚，黄色的是格拉汉托马斯。还有玛蒂尔达、蓝月，嗯？这个叫什么来着？"

　　就这么一会儿工夫，我被老婆精心打造的花园震惊了，呆呆地站在那里。

　　我不知道这些蔷薇的名字，不过院子里真是美得连我这种不懂花的人都不知道说什么好了。

　　"我之前都没注意。"

"没事，你不是一直都忙着工作嘛。"

"你这也太厉害了。"

"还差得远呢，我的大计划还没实施呢，要等到夜里。"

"夜里？你？"

"哎呀，不是伺候这些花。这些都是尽人事听天命的东西。气温要是再降，花就该蔫了，等到天一下子热上来，花骨朵就能一起全开了。"

"肯定特别好看，我都开始期待了。"

我偷偷地看了看老婆满是泥巴的侧脸。我们之间绝对不是夫唱妇随这种关系，一有什么事就开始拌嘴，这么多年一直都是她赢。

"那不也就是一瞬间的事吗？"

夏子笑着答道。

"是呀，可能就是一瞬间。但是一瞬间的概念就很模糊。有的时候一瞬间就成了永恒，我觉得也挺好的。"

6

在即将到来的零点，我们将收听到来自天皇陛下的声音。

这段声音并非提前录制，而是天皇陛下于吹上御所的麦克风前亲切地向日本国民发出的。

在天皇陛下发表演说前，我们先播放日本政府的代表、内阁总理大臣的训示。本次内容将由NHK及全国各家电视台、电台进行实况转播。

"开电视吗？"

"就听广播就可以了。"

我也是觉得听广播就行了，要不然还得再去关收音机。

这个选择就跟喝什么酒一样，啤酒、清酒、白兰地，要么就是香槟，都不怎么好喝，该选哪个呢？还是喝现成的红酒算了，要不然就只能不喝了。

夏子为了今天特意准备了红酒，一瓶是别人送的窖藏，还有一瓶是当时从普罗旺斯买回来就一直放在冰箱里的珍藏。

我和夏子边吃边喝，都有一点醉意了，沙织一口都没喝。

"你不是说一会儿有话说吗？再等就没有一会儿了。"

夏子瞪了我一眼，我反省自己不该说没有一会儿，怎么可能没有一会儿呢。其实谁都明白，但不是所有人都能想得开的。说话还是有必要注意一点的。

"怎么办呢，我还没想好呢。"

沙织还小的时候我们家的氛围就是这样，不灰暗，却很静谧。所以她也养成了自己的事情自己决定的性格。

高考的时候就没用我们插嘴，读研、留在研究室等等，与其说是跟我们商量，倒不如说是事后通知我们。要说她做事太随便，倒也是这样，不过她确实是个不用我们操心的孩子。

因此，作为家长，我没办法说什么，也不知道该说什么，想法捋顺之前还是沉默不言的好。

我们一家就这么坐在客厅的沙发上，望着深夜里没了生气的花，听着收音机里的广播。

天皇陛下在发表演说前，代表日本政府为自己的僭越向民众致歉，并说道："大家能够抽出所剩无几的宝贵时间来听我讲话，实乃我的荣幸。

"三年前，专家预测到了此次超巨大高速彗星'MHC'撞击地球的灾难。当时大家便已知晓，纵使倾尽人类五千年繁衍发展所创造出的智慧，也无法阻止这一天的到来。世界各国本着信息透明的原则，毫不迟疑地向所有人公开了这一科学研究成果。自那时起，全世界将'the dignity of human'即'人类的尊严'作为口号，朝着今天继续前进。

"在这期间，世界各地不免会出现一些混乱，但这些混乱的规模绝不足以摧毁我们的口号。相反，对这些混乱的批判反而使我们坚持口号的意志更加强烈与高涨。

"过去的三年时间里，人类社会的主导既不是我，也不是政治家，而是由联合国、世界宗教和平会议、世界学术会议、国际笔会等等文化团体进行主导牵引，政治家遵照其倡议开展实践，从而发展而来。

"在此，我想请诸位回望这三年来人类创造出的伟业。

"全面废除核武器、全世界统一应对地球环境的变化、无偿援助发展中国家、全面废除死刑制度、灾害发生时各国军事力量及时无条件救援……

"不仅如此，全世界人民在这五千年历史的最后三年时间里缔造的功绩可谓不胜枚举。

"我们最终舍弃了利欲、抛开了烦恼，终于将先人向往的理想社会之梦实现了。

"该来的总会到来。

"然而，就政府报告来看，社会并未出现任何动摇，世界各国的情况亦是如此。

"在这人类史上最美好的一天，全世界人民无一例外地响应了联合国在解散时表决通过的提案——

"不把今天过得很特别。

"请诸位再次坚定内心的想法。

"我谨代表日本政府，向坚决不将今天过得太特别的日本国民表示诚挚的敬意。

"感谢您的收听。"

"沙织。"

老婆把酒杯拿在胸前说道。

"你不会丢下我和你爸爸的吧。"

沙织看向她妈妈。

"但是……"

"但是什么？"

"但是今天不是特别的日子啊。"

母女间一来一回，我完全不知道她们在说什么。

我一直认为女人是高等生物。父子之间就算把话都说出来了，也还是会有一大堆不明白的，母女之间像对暗号一样简简单单几句却可以心意相通。

"她爸，咱们俩之前商量什么来着？"

到了这个时候，我觉得老婆是不是知道了什么又故意装作不知道，她应该不是在责怪我的不忠吧。

夏子苦笑着，向我投来了一种看傻子一样的目光，而后说出了一句让我难以置信的话："蠢！"

她们似乎连我不敢发问的心思都看穿了。

"爸！"

沙织看向我。

"啊，怎么了？"

我觉得自己全裸在老婆孩子面前。女人果然是上等生物。

"您同意吗？爸。"

到底是什么事啊？但是看来不是我的不忠暴露了，我对埋怨我蠢的老婆说道。

"说清楚啊。"

夏子和沙织都轻轻地叹了口气。

"老伴，今天要是特别的日子，就应该留在家里，但是今天不是特别的日子，那应该去男朋友那啊，就是这件事。"

我脑子乱作一团。夏子似乎已经说得很清楚了，但我还是理了半天才反应过来。

"你，有对象了？"

我的声音都变了调。二十五岁的大姑娘连个对象的影子都没有，多少是有些不正常，但我作为父亲，却没有一丝不安和不满。

无名的愤怒涌上心头，好半天我才摆出笑脸。

"你怎么没给我介绍啊？"

"因为我上大学那年的平安夜，您不是还跟着我嘛，还变装了。"

"你知道了啊？"

"您早就暴露了。我还跟朋友们说了，他们都笑死了。"

那天晚上，在表参道的交叉口有一群人，应该就是他们之中的一个在和沙织交往吧。我大脑有点短路，姑且就这么认为吧。

不过事到如今，他们是怎么在一起的都不重要了，沙织有了她爱的和爱她的人，我是应该送上衷心的祝福的。

"你开车去吧，别撞了啊。"

沙织点点头。从小她就是个问什么都不答话，只会安静地点点头表示肯定的孩子。

女儿站起身，提上包。她只穿了一条低腰牛仔裤和一件T恤，我担心她会不会冻着。

沙织走向了那扇老旧的红木门，没走几步又停住，低下了头，像小学生一样从右边转过身，看着自己的父母。

"今天不是什么特别的日子，我就去找我男朋友了。他人特别好，说要让我待在爸爸妈妈身边。但是那就只剩他一个人了。他说他从小就一个人，今天一个人也没什么的。怎么可能呢。昨天我们分开之后我就一直在想，我要嫁给他。就算我对社会没有什么贡献，也没孝顺你们，你们就再让我任性一次吧，无论如何我都要嫁给他。对不起，我去了。"

沙织走了。

车子的声音渐渐远去，我和夏子呆呆地望着窗户。

"你早就知道了吧？"

老婆摇摇头，"不是，我也是刚刚才意识到的。"

"能来得及吗？"

"她估计把时间都算好了吧，现在路上应该也没什么人。"

院子里已经映上了红色，是这个时间不该有的颜色。小时候，我曾在旷野见过这种颜色，是夕阳的颜色。

天皇陛下简短的发言之后，广播里就不再有人声了，取而代之的是祖国童谣不间断地轮播。

播放的乐曲都很棒，而且是乐团现场演奏，担任指挥的是世界著名的指挥家。

"别的国家好像也是这样。"

夏子靠在阳台的躺椅上说道。

这些我是知道的。德国在播放管弦乐团演奏的贝多芬乐章，维也纳则是施特劳斯华丽的作品。

法国原计划选莫扎特的，但是近来法国社会上出现了很多关于谁才是国粹的讨论，到底是拉威尔、福雷还是埃里克·萨蒂，一时间众说纷纭，最后，全国投票选出的是德彪西。

莫扎特在这种投票中是很吃亏的，不过在非国家性质的场合，他的作品应该是被演奏得最多的，这也算是一个平衡吧。

美国那边好像是四军的军乐队全体出动，循环演奏苏萨的进行曲。真是个让人不爽的国家，不过这三年来，美国团结世界各国的努力还是应该肯定的。选苏萨的进行曲也算是不错的。

最出彩的还是英国。他们集结了全世界的音乐家，一起演唱披头士的歌曲。我羡慕舞台上保罗·麦卡特尼和林戈·斯塔尔的人生，要是从我的个人喜好来选，那我一定会听英国这次的表演。

不过日本的选曲也不赖。

我们国家曾经有过一段苦难的历史，与世界不可分割却又不相兼容，当时的日本一直被这种社会概念所玩弄。要是从文化的角度来看，一直照搬别人的东西还是不够稳定。

"若月今天应该就留在公司了吧。"

不知道"留"这个字用得是否准确，但我一时间也想不出别的词，姑且这么说吧。

"他说为什么会是我，就像小孩撒娇似的。"

我们躺在躺椅上。这是当初改造房子的时候夏子在网上买的，两只腿的椅子。本来她是想买酒店泳池旁边放着的那种的，结果寄过来一看，是与价格完全不符的廉价塑料货。

当时我们因为这个又吵了一架，夏子觉得直接退了就好了，我说："你就别干那些蠢事了。"

不过，像现在这样躺在上面看看花园，倒是也不错。

"当时前董事长选的不是你，真好。"

"是呢。当时我听到'为什么会是我'的时候还打了个寒战。"

"天皇陛下和总理大臣肯定也在想同样的事。"

"想'为什么会是我'吗？"

我觉得，在这凝视命运的三年时间里，人类有着飞跃式的进化。这种进化并非科学的进步，而是作为生物本身的进化。

若月作为董事长要全权负责，他要把工作摆在私事前面，因为他这样，认真加班的员工也变多了。

小酒馆的老板、电车司机、的哥，几乎所有人都在内心嘀咕"为什么会是我"，可又努力着不把今天过成特别的日子。

今天绝对不是特别的一天。夏子带着一成不变的围裙，我穿着旧运动服和凉鞋，这就是证据。

院子里已经被映得更红了。

"今天一整天你都想什么呢？"

"我都想什么了呢？"我开始回顾这一天。

"我可能没像别人一样进化吧。"

"进化？"

"嗯。今天早上起来的时候我给自己施了法，说我从今天开始就退休了。"

夏子笑得把红酒都喷了出来。

"能做出这种决定来，确实是你的作风。"

"反正还有三个月就到日子了，做这种决定也挺简单的。"

我不得不为自己的卑微感到羞涩。老婆为了今天，精心侍弄着这个小花园，而现在，这一切都像她当初预想的一样，开始绽放奇妙的美丽。

所有的花都开始仰起头，花苞也在以肉眼可见的速度膨胀，院子里弥漫起浓郁的芳香。

纯白的夏之雪和大红的多特蒙德为底，花坛上大朵大朵的雅克卡蒂亚，黄色的是格拉汉托马斯、玛蒂尔达、蓝月……粉白的日日春开花了，用来划分颜色的牵牛花也把地上的空隙填补了，阳台上的九重葛像瀑布一样垂下，墙上攀爬的铁线莲也都开好了。

"夏子，你真厉害。"

或许是我当下的心境不同吧，老婆的侧脸看上去就像我们初识时那般年轻。

夏子把红酒一饮而尽，躺在了躺椅的靠背上。

"没什么厉害的，大家都是一样的。等下的一瞬间，会比一生还要长。"

人啊，真是荒唐，飞速地进化着，就是为了编造出能用一瞬间来替换永恒的方法。

"我就不说你辛苦啦。"

"当然，我们一起期待吧。"

属于人类的时间，我们坚信了五千年。但那或许只是时间流逝的过程中一瞬间迸发出的一种现象。

想通了这些，就算捏碎了手中的酒杯，就算蔷薇园上出现了从未见过的大太阳，我也不再感到恐惧。

我攥住老婆的手，闭上双眼。

彗星的光芒奔了过来。蔷薇的芬芳萦绕的漫长时间，马上就要开始了。

夕映え天使

＊

琥珀

＊

年龄相仿的那些食客们都聚到一起感叹着时间流逝的速度仿佛骤然加快，但对于荒井敏男而言，四十五岁至今的十五年时间并未让他感觉是一晃而过。

　　或许是因为他的生活太过单调了吧。

　　虽然身在服务业，但是每天接待的顾客都是一样的。上午九点，来的都是市民医院那些刚刚下了夜班，满面疲惫的护士。五十上下的店主像个泡咖啡的机器，看着她们絮叨过医院里的事情之后各自离去。

　　日落时分，来的是渔民和海鲜市场的小伙子们。这些人都是守规矩的。还没到酒馆开门的时间，但是他们又不喜欢去游戏厅打游戏。

　　除了这两拨客人之外，再有一些就是来三陆旅行的游客了，不过现在这些也都不作数了。车站前的观光中心一直废弃着，连购物的人都没有，怎么还会有人来这家小路上的咖啡厅呢。

　　天一黑，店就打烊。护士们和渔民们都说让荒井也卖卖酒，但他只想赚点钱够每日吃饱饭，多余的并不想挣。

　　对自己泡的咖啡有自信，定价高，每天只卖十杯就够吃饭了，也多亏是在这样一个小乡村。

　　能让荒井觉得这十五年的时间漫长到吓人的地步，或许也是因为每天的生活没有什么欲望和所求的缘故吧。除此之外别无其他理由，他越发地坚定这个想法。

　　咖啡厅的二楼有四张半榻榻米大，还有厨房，荒井就住在这里。透过窗子就能望见北国的海，无论冬夏都是一片暗淡的景色。朝阳射入房间的好天气在这里是几乎没有的，被海鸟的叫声惊醒倒是时常发生。尽管如此，还是多亏了这一窗的景色，让人免去了不必要的外出。

　　说着全球变暖，冬日却早早地到来了。11月中旬便下了初雪，到12月初的时候，窗边已经是纯白景象了。海风呼啸，倒是没让雪积下，可凛冽却更甚了。

　　捕完秋刀鱼，外出的渔船便要回南方去，本就没什么人的小城一下子变得更寂寥了。

　　荒井每天醒来第一件事就是去佛龛前，诵三遍般若心经。从小就没有信仰，可自从知道了这经文无关宗派，是可以祭奠逝者的之后，诵经就成了他每天清晨的习惯。

　　小小的佛龛上没有牌位，摆放的全部都是妻子褪了色的照片。荒井一直觉得妻子临去世前的样子是最美的。那些照片里只有一张是他们相识不久拍下的，照片里妻子笑得那样天真烂漫。诵经完毕面对遗像想着妻子临走前美丽的样子也成了荒井经年累月的习惯。

　　他不点香。因为烟会沿着狭窄的楼梯飘到楼下，他不想被客人察觉，最主要的还是因为香的味道和咖啡的香味混在一起太不和谐。

　　咖啡厅的名字叫"琥珀"。因为这一带的山里会出产珍贵的远古树脂。

　　这个名字并不是荒井取的，而是这家店原来的名字。荒井接手的时候连招牌也没有换。

　　这里原来是家生意还不错的酒吧，但是一个人操持着生意的老板娘却和往来的客人太过亲密，最后竟然私奔了。店老板是港口一带有头有脸的人物，所以老板娘在通奸的事情暴露之后就直接跟人跑路了。

　　房东和中介都对这些事绝口不提，不过荒井本来也没心思知道，只是那位不管不顾直接跑路的老板娘留下的财物不好处理。

　　招牌、二楼的床和锅碗，以及空荡荡的佛龛都被一并转让给了荒井。房东老太太说要想用就留下来用，要扔就扔。荒井考虑到这样随随便便地处理掉将来可能会引起纠纷，就把衣服、化妆品之类的用瓦楞纸包好放到壁橱里去了。

　　房间里没有任何一样是妻子的遗物，荒井就这样在别的女人留下的气味中过了十五年。

　　这里原本的装修是按照酒吧的风格做的，所以店里没有窗子。只是在正门旁边嵌有一条细长的彩色玻璃，高度大概与人的身高相仿，透过这块玻璃可以看到外面的行人和雪景。玻璃浓厚的颜色正是店名琥珀的其中一种，饶有情趣，但是没有客人意识到这一点，荒井也没向人解释过。

　　每天的扫除晚上做做就足够了。烧开水消毒的间隙，坐在吧椅上歇一歇，就仿佛被封在湖泊中的上古昆虫。

　　隐姓埋名的日子，终于要期满了。

圣诞节、过年都随便，只要再过一周，束缚自己的树脂就要融化了。

荒井敏男双手划过雪白的发根，咬牙咒骂着世人感慨，自己却觉得流逝缓慢的时间。

刚一踏出无人闸机，米田胜己就后悔从火车上下来了。

他想，这里是三陆地区有名的港口小城，应该会有些美酒和美食。三日无限乘车券对于惬意的独身旅行来说是再恰好不过的，但是像米田这种直觉迟钝的男人，就不该花冤枉钱买这种票了。

回头望去，两列暖炉火车像在嘲笑自己活该一般飞驰进了茫茫雪雾。车站前的大楼上"观光中心"的招牌已经倾斜，百叶窗也落着，出租车司机们满眼渴望地盯着不应季的游客们。

米田心想，在这种荒凉的小城市下车还不如在中间的某个没人的车站下车呢。这里这么落寞，怎么可能有好的酒菜和温泉。

更来气的是顶着出租车司机们的目光走出车站，手机就响了。他没戴手套，只好把手缩进大衣的袖子里，一手拿着手机，一手掩住嘴巴悄声接起电话。这个动作已经是米田多年来养成的习惯了。

"不是说了别给我打电话了吗？"

电话另一边的女儿一点也没怵，反倒咯咯笑了起来。

"说了又咋的，您又没上班。"

"你咋知道的？"

"我看您没在家就给局里打了个电话，科长跟我说得可清楚了。他说老米非要在退休之前把假休了，就一个人跑去旅游了。年根局里堆了好多事忙得脱不开手，他说他都想早点退休了。"

"你在这笑话你爹呢？"

"谁说的，您不高兴就跟科长说去。他说老米是指望不上了。话说回来，您现在在哪呢？"

"你管我在哪呢，赶紧说正事，你爸我忙着呢。"

"行了行了。"

"行了说一遍就够了！到底什么事？"

电话那头的女儿突然不说话了。米田最怕开朗的女儿沉默。

156

"老妈干什么呢？"

"嗯，干什么呢。"

"我问你她干什么呢！"

像是被人抽了脊椎骨，米田身子一蜷，蹲在了地上，任冷风卷起路面的细雪吹打在自己身上。

"没什么不好的，您别着急。"

米田稍稍放松了些。电话里女儿的声音和离婚的妻子简直一模一样。

"老妈啊，准备结婚了。本来说岁数都大了，登个记就得了，后来又说过年放假的时候在关岛办婚礼。"

这确实没什么不好的，但是米田依旧没能站起来。

"什么玩意？在关岛办婚礼？那不是跟你一样了吗？"

"就是我跟她提的啊，去关岛省得麻烦，没什么亲戚来，还能有个二人世界的回忆。"

米田如鲠在喉。唯一的女儿结婚的时候自己耻于和前妻假装成夫妻参加婚礼。身为人父的那股传统的正义感，害得女儿办了一场没人到场祝福的婚礼。

本来一家人早都不住在一起了，感情都淡了，分居和离婚的时候也没什么痛苦，倒也不觉得不自在。但是刚分开不到一年，女儿就出嫁了，又过了不到两年，前妻也要再婚。如今的米田不得不感叹自己成了孤家寡人。

"对了，老爸您要是想的话，也找个人在关岛办个婚礼不是挺好的嘛。那样我也就放心了。"

米田站起身，脚下却像被划过的细雪夺走了力气。天空压抑浑浊，并不刺目的微弱阳光像是孤零零地挂在了一只银色的盘子里。他颤巍巍地拎起背包，漫无目的地迈开了步子。

"我跟科长还聊了聊。"

"少多事。"

"才没有呢。老爸，我们都是担心您的。警察局现在人手不够，您要是能帮点忙就好了。"

"科长跟你这么说的？"

"嗯，他说老米太固执了。"

"他可真会说。你爸我可没听他说过那些。就是人事跟我解释了一遍，局里的同事都巴不得我赶紧走人呢。"

"那是您想多了。我们这个工作也和公务员差不多，我是晓得的，说什么拒绝返聘，那都是故意刁难单位的。"

"别拿自卫队和警察比。你甭多管闲事。二十多年了好不容易轮到我自己做主了还有人说我刁难别人，我是白干活的吗？挂了，没工夫跟你说废话。"

嘴上这么说着，但米田始终没有把手机拿离耳边。女儿知道再说什么也都是没用的了，心情倒是依然愉悦。

"老爸，您现在在哪呢？"

短暂的沉默过后，电话里传来女儿哭泣的声音。米田仰起头，看看那轮没有光芒的太阳，咳嗽了一声，答道：

"我也不知道，就是想找找好吃的酒菜，就到不知道的地方来了。"

"那之后您有什么打算？"

"天太冷了，我问问哪有咖啡和温泉。"

"不是，我是问您今后有什么打算。"

"你就别瞎操心了。当了四十来年警察了，再怎么也不愁吃不上饭。不就是找个媳妇嘛，到时候你爸我也在关岛办个婚礼。对了，跟你老妈说一声，祝她新婚快乐。"

没等女儿回话米田就挂断了电话，他实在听不得女儿哭泣，让人心里难过。

听到父母中年离婚的决定时，女儿应该是有些意外的，但她却装作若无其事地接受了。这么坚强的女儿，如今越是替人着急，越显得做父亲的太过凄凉吧。

这座港口城市越往前走越寂静。米田担心自己是不是走错了路，正在前行间，海鸥成群结队飞过运河。该是满潮的时候了吧，岸边停泊的渔船咣当着，就像米田此刻饥肠辘辘的肚子。

在铁栏杆上靠了一会儿，米田凝视着眼前这扰人心境的景象，他想干脆把手机扔了，刚抬起手，又想了想。关掉手机电源，他觉得这座小城更安静了。

能让年过五十的前妻有再嫁想法的男人，到底是个什么样的人？这是米田当下最关心的事，但却没法问女儿。

或许是年纪相仿，没什么不必要的麻烦？要是个不爱喝酒、不乱搞、没有暴力倾向、想什么就直说的男人，或许更合适。

已经退休的前辈们都说四十年就像做梦一样一晃而过，米田却无法认同。回过头看，那就是一段数字明确、厚重漫长的岁月。

　　或许是因为他没有任何算得上立功的业绩。就这样平淡无奇地当了四十二年警察。别人都有说不完的英勇事迹，自己却没有能跟别人夸耀的东西，这是应该庆幸，还是应该当作不幸。

　　正式的委任状要到明年1月才能下来。米田申请这一年让他做年末年初的工作，只是跟新上任的年轻局长提起时，局长却执意让他先休假。到了该退休的时候，米田才觉得警察局也像是个普通的职场。

　　家里的事米田什么都不关心，直接出门旅行了。不，确切地说是不得不出门旅行。

　　他从没想过第四十二年的最后十几天，就要这么没志气地度过。到底是结束了，还是没有结束，米田不知道。越是不知道，时间就越显得厚重漫长。

　　"攒了这么长时间的假，老子爱怎么过就怎么过，工作是继续让我干着还是让我退休，都随你便。"

　　对着新上任的那个小不点，米田胜已没有半分玩笑的意思，就这么劈头盖脸地骂了一顿。

下夜班的护士们今天也没有来。

听说郊外新开的购物街上有一家国际连锁咖啡厅。护士们无疑是都被骗去那里了。

商会也闹过一些反对运动，但是政府却一声令下，要盘活区域经济。那也是因为市民们希望建购物街，政府才这么说，闹也于事无补。

各家商店的老板都觉得搞那些花里胡哨的东西根本行不通，结果事实却出乎他们的预料。市民们全都去偌大的购物街消费了。冬天把车停进没有积雪的室内停车场，生活所需一应俱全，这样的购物街能火也是早就能预见到的。

荒井敏男一直也没有去初秋开张的"大怪物"那里逛过。到如今，从没去过购物街的人恐怕只有跟自己差不多的老年人或者病人了吧。

聊得起劲会再续上一杯咖啡的护士们都投入了那个"大怪物"的怀抱，这对荒井来说是一记沉重的打击。

但是，这种只能在地上爬的日子只要再过一周，就都会有所改变了。

护士们没有来，背已经驼成直角的房东老太太却推

162

开了门。

老太太费劲地扭着坐上吧椅，喝着粗茶，像小姑娘对喜欢的人表白一样，羞涩又犹豫地说道："荒井，对不住，能给下房租吗？"

老太太本来一个人过日子，后来被亲戚们说道了一番，终于决定搬进养老院。那些亲戚的目的尤非就是老人家名下这套房子，今天她来估计是想提前拿到下个月的房租。

"那，老太太，咱这店是不是也要关门了啊？"荒井惊诧地问道。

"那不能！"老太太说道。但终究也不可能做什么保证。

荒井上了二楼，拿出了准备月末交的房租，又拿出一部分积蓄塞进了信封。这些钱本来是准备过年的时候拿去寺里上供的，把钱花在这个上面，妻子在天有灵应该也会同意的。

这十五年来老太太一次都没有涨过房租，一直都是那么点钱，就连合同都没有重新签过。

老太太拆开信封一看，惊讶不已。抽泣着说道："你真是个好人，要是没有这档子事，我还想认你当干儿子呢。"

　　说完，荒井送老太太出门，看她走上了细雪划过的后街小路，仿佛踏上人生的归途一般渐渐消失在了视线中。

　　客源锐减，小店的前景也成了未知数。但荒井坚信，只要过了这一个星期，一切都会改变的。

　　"店里有人没？"

　　在眼前听到这句话，荒井的身子一震。还在想是不是听错了，快要淡忘的乡音又涌上了心间。

　　"这天是要冻死个人呀，给来杯热咖啡，呼，真叫冷。"

　　这位顾客先荒井一步，匆忙地弓着背走进了店里，像是要摔倒一样。

　　荒井匆忙四下看了看，他知道警察是不会单独行动的，但是小路上没有看到其他人影。

　　"这十五年里又不是没听到过有人说关西方言，别往坏处想！"

　　"这个人肯定是刚退休不知道怎么打发时间，想起来年轻的时候要一个人旅行，就跑到大雪纷飞的三陆来了。想给老婆买个本地特产的琥珀胸针，下了车结果被这个小城的寒冷和落寞惊到了，所以想着先来杯咖啡暖暖。"

"肯定是这样没错。"

只是在路上看了一眼身边的这个男人，仅仅一瞬间，米田胜己就已对他的身份确认不疑。

所以他才敢在没有完全看清的情况下就匆匆忙忙跑进店里。这绝非直觉。所里的桌子上一直都贴着他的通缉令，他本人肯定也和警察一样盯着这十五年的时效。

川俣新太郎，五十九岁。不，11月出生的话，现在应该是六十岁。本来他犯的案不在米田警局的所辖范围，但是今年这起案子就要到十五年的追查时效了，他就成了重点关照的通缉对象，京都府总局也下发了新的通缉令。

"都这个时候了，找个差不多的案子往上一报，说是这个案子不就行了，也不用咱们费劲。"看到通缉令后米田嘟囔了一句，结果招来了年轻同事们的反感。男人四十五岁到六十岁这十五年间相貌会有多大变化，同龄的米田最清楚不过了。

不过，涨了十公斤，脸上的肉都开始下垂，头顶也秃了的，似乎只有他自己而已。

刚坐上吧椅，米田就摊开了体育报。风雪中的川俣也立刻跟了进来。

"欢迎光临，咱这小店除了咖啡就没别的了。"

川俣说着像外语一样的三陆方言，那方言米田在火车上听了一路。

"不能看他！他从那么远的地方逃到这里，首先要改掉的肯定就是自己的关西方言。"

想到这里，米田才决定用一种随随便便的口吻跟川俣打了招呼，但对方却没有表现出任何微妙的变化。这种离车站不算远的店面，平时客人应该不少吧。顺着车站前的路一直走，过了桥就是一整条街的饮品店，望了一眼，只有"咖啡"这几个歪歪扭扭的字最显眼。

"那是昨儿个的报纸，咱们店没订，是别的客人落下的。"

"不碍事，不碍事，一路上跟与世隔绝了似的，有报纸看就挺好的了。"

"咱这白天吃的也就只有吐司。"

"哦，我吃了盒饭了，就想整点咖啡，顺着路走到这的。救了命了。太冷了。"

"那行，一杯咖啡。"

川俣磨起咖啡豆，又拧了拧法兰绒袋子。这年头已经很难见到这种手法了，那熟练程度，倒像是一个职业的匠人。

"哎呀，在这种地界还能看到这么正宗的法兰绒冲煮呢。"

"不这样搞就没客人了。用机器煮味道就不一样了哇。您是打哪个地方来的？"

米田意识到他这可能是在试探自己，便随口说了个地方。

"从大津来，滋贺的大津。"

"啊啊，就是琵琶湖旁边吗？您自己来的？"

"本来明年开年以后我就该退休了，那攒了这么长时间的假就休了吧，结果我一说就让我直接退休。要这么说，那我这么些年不休假是当傻苦力吗？一生气我就跑到这没人的地界来了。"

平日里说话速度极快的米田尽量把语速放慢说道。年轻的时候，老警察们教过他，只有在聊天的时候才能正面观察对方的外貌。这是警察调查的技巧。

"上班的时候悠闲，一到退休就惨了。我一看就知道你跟我年纪差不多，挺羡慕你的。"

米田想搞清楚对方准确的年纪，所以小心翼翼地选择他不会起疑的说法和他聊天。

"这种事，咱也不知道该怎么说。要是让您退休，退了可能也是好事。比咱好，咱都没有退休金呢。"

川俣把磨好的咖啡豆放进法兰绒袋，再把珐琅壶中的热水慢慢倒入袋中。狭小的门店里转眼就飘满了芳香。

这是米田从未见过的手艺，此时，川俣的脸上也没有了对顾客的赔笑。

"能用下厕所不？太冷了，一直想小便。"

"不好意思啊，出了门，旁边的路上有公共厕所。"

刚刚还只是落在地上薄薄一层的小雪片，此刻已经是暴风雪一般了。这条街上紧闭的店门恐怕到了夜里也不会打开，大体都是倒闭的店面了。

当米田肥胖的身体走在了近乎被雪阻塞的路上才发现，这条街早前应该是极其热闹的，此时却家家都拉下了卷帘门。

他从一开始就没想小便，关上了厕所隔间的门，上了锁，然后掏出了手机。

"喂，是我，米田，你今天值班吗？"

知根知底的小警察答道："在班上呢。"

"方便吗，给我念一下快到时效的通缉令。"

对面问道："怎么了，老米？"

米田用手掩住嘴训斥道："具体的回头我再跟你说，赶紧念，上面写的那起伏见的纵火杀人案，川俣新太郎，时效是到什么时候？"

米田拳头紧握，自己人生的转折全在这十五年的追诉时效过与没过上了。

小警察答道："12月29日。"米田身体一震。

"是吗？那个，不是我在时效过之前找到了犯人，就是下着雪泡着温泉太闲了。就在这自问自答，看来猜中了。今天这种蠢事你不许跟别人说，这四十二年一直都叫我傻子，我可不想再让人当笑话了。"

挂断电话，米田盯着自己的双手看了看。

确定了，时效快到了，但是从眼下的情况来看，还有一周时间，倒也不必太过慌张。那么现在正常的流程应该是先去当地的警察局，如此这般地描述一番。

不过，炒菜的方法有很多，可是手里拿着菜刀的只有自己。要是当地警察局的同事们想好了对策，估计就没自己什么事了。

要是打电话报警呢？到时候按紧急事件临时借调人手为由协助办案，那自己就成了抓捕犯人的主要人物，当地警察只不过是帮衬。

"等会儿！"米田重新思考了一番，把手机揣进大衣口袋。

这种情况更好的处理方式就是警方搞突然袭击，然后犯人在看到警察的时候意识到是要来抓自己，准备逃跑，随后自己出马将其擒获。这样的话功劳就都是自己的了，谁也分不走。

临近退休的警官心怀执念，追查罪犯，经过搏斗，终于在时效到期前将其抓捕归案。没准还能以此为原型拍成电视剧，这可是连媒体都没有报道过的案件。

"就这么办！"米田打定主意。

无人的街道上，雪花已经拧成了冰粒，被狂风裹挟而来。原来如此，这家咖啡店确实是纵火杀人犯藏身的绝佳地点。

店门旁边嵌着一块看了可以感受到店内温暖的彩色

玻璃。

因为店名叫琥珀，所以玻璃的颜色才选了琥珀色吧。

在法兰绒袋子里，深度烘烤过的咖啡豆会慢慢膨胀。

在荒井还是小学徒的时候，有人教过他，这头一冲的味道决定了煮出来的咖啡是好是坏。所以，在头一遭煮的时候必须心无杂念。

初中毕业后，荒井的第一份工作是在西阵的咖啡厅。周围的人都反对他做这种不正经的工作，但刚刚初中毕业的他并不想当个安稳的小职工。

京都市里有的是咖啡厅，每家门口都立着招聘的广告。

当时，只有成年人才允许进入咖啡厅，所以荒井觉得要是能在咖啡厅上班，那自己就可以一下子长大成人了。

之所以在那么多家店中认准西阵的这家，就是因为招聘广告上写着"包住宿"。和一个嗜酒好赌的继父、小自己一轮的同母异父的弟弟，还有整日以泪洗面的母亲四个人挤在不足十平方米的小房子里，荒井极力想逃离这样的日子。

别人说得难听，但荒井觉得在咖啡厅上班也没那么不正经。

刚开始，他是以实习生的身份被招进去的，进去之后做了几个月的清洁工，洗了几个月的盘子。练了一段时间端茶送水之后就开始到大厅服务了，刚开始到大厅，荒井还有点像是初次登台一样羞怯。做了两年跑堂后就被提拔到吧台实习了，荒井终于有资格碰到咖啡豆了。

领班说那些咖啡豆都是从巴西和哥伦比亚横跨太平洋运过来的。听说这是那批为了生存，赌上性命远渡重洋的日裔移民们精心种植的。

第一次往法兰尼袋子里倒开水的时候荒井手抖了，出来的咖啡味道很不好。领班把咖啡倒掉了，还拿空铁壶敲了荒井的头。

"你就是不懂感激，也没有敬意。我和经理给你饭吃，你就得好好对待这些咖啡豆。倒开水的时候必须要说感谢！不许笑，也不许想别的。头一冲的时候连喘气都不行！懂了吗？"

水柱要保持均匀，要在法兰绒袋子中完整地画圆。不管是煮五十壶还是只煮一杯，都要如此。当然水少的情况下更难。

"要让人喝了你煮的咖啡之后就不想去别家了。"

屏息冲第二遭的时候，荒井回想起妻子的声音："今天和房东老太太聊得起劲，忘了供咖啡了。"荒井坚信，早晚都用刚煮好的咖啡上供比焚香要好。

十五年间一次都没间断过的上供，今天却忘记了。荒井开始盘算，或许这就是报应吧。

顾客回来了。

"啊，烦死了，天这么冷，领导还不听我说的话。"

荒井知道，多余的话不能说。原以为自己早就习惯了当地的方言，没想到当面对妻子的照片时，会不自觉地说起关西方言。这突然的转变，别人会嗅到些什么也未可知。

"用法兰尼袋子煮咖啡，好些年没见过咯。关西现在倒是也还有好多店坚持用，但是大家都忙啊，都没空，咱也忙，都没心思找这样的店。"

他说这么多，到底是想让我开口跟他说话，还是想从荒井敏男的身份下引出川俣新太郎的灵魂？

是自己想多了吧，要是警察察觉到了自己的藏身之所前来抓人，那在之前就应该有些征兆，可如今回想起来，一点可疑的地方都没有。

眼前的客人抿着咖啡，很是享受，喝完又抬起头，把目光投向吧台上的吊灯。

"这是家老店了吧，啥时候开的？"

别人问话的话，就不得不开口回答了。

"我是租的转让的店，具体的就不晓得了。"

荒井这个回答巧妙地避开了要点。一分不多，一分不少。

"你一个人开店？"

荒井打了个冷战。看来不是自己想多了，这种问题不是头一次见面的旅客能问出来的。但是又不能不回答他。

"我这小店用不着雇人吧。"

对面这个男人直勾勾地盯着荒井。这种不客气的眼神，怎么看都不像是一个普通人。

"我买了个三天无限坐车的通票出来玩，结果没承想就在这下车了，这有啥可看的地方没？"

　　"这个季节的话，就只有琥珀博物馆了。"

　　"琥珀？"

　　男人的目光转向了门口的彩色玻璃。

　　"叫琥珀是说咖啡的颜色是琥珀色？琥珀可比咖啡颜色淡多了，就跟那块玻璃一样。"

　　"也有颜色深一些的，和咖啡一个颜色。"

　　"那得是好货吧。"

　　"可能吧，不太晓得。听说里面有虫子的就是高级货。"

　　"那得老贵了吧，大概多少钱？"

　　"不清楚。"

　　"有没有适合给老婆子买的？不知道多少钱就去买，到时候就丢人现眼了。"

　　"老婆子"这个字眼让荒井极为反感。这个人要是刑警的话，那他说这些根本就不是想博取自己的信任，倒像是在戏弄追查的犯人。就像猫会折腾抓到的老鼠一样。

　　荒井怒火中烧，这个男人到底是猫还是游客，自己要搞搞清楚。

　　"那个，我跟您讲。"

客人被荒井这个反应吓得睁大了眼睛，荒井全然不在乎，继续说道。

"其实我不是当地人。我是土生土长的京都人，本来日子过得好好的，后来老婆死了，我就想找个地儿死了算了，沿着三陆的海岸线逛荡着，又想开了，最后就到了这。"

"哦。"客人愣神应和着，随后就陷入了沉默。

"刚才您问我，我才想起来，我老婆那么喜欢琥珀之类的东西，我连一个玻璃球都没给她买过。"

荒井想着，话说到这样，应该就能弄清楚他的身份了吧。

短短几句话让对面这个男人如鲠在喉。荒井给自己磨着咖啡豆，等待着他的回应。

"那么喜欢你老婆，你干吗还要烧死她？！"米田在心中怒骂。

之所以没有说出口，是因为此刻他还摸不清川俣新太郎突然间这么坦白到底是什么心思。

"不好意思啊，我不知道你这些事。"

"没事，是我讲多了。"

川俣又说回了当地的方言。

"别提那些不痛快的事了，说点别的。再来杯咖啡。"

"马上就好。让您听我讲了这么多废话，太过意不去了。"

川俣开始煮第二杯咖啡。如丝的水柱流进法兰绒袋子，开始焖煮咖啡豆后川俣全神贯注倾倒珐琅壶的样子，让人怀疑他是否已经停止了呼吸。

瘦弱的身子肯定是没什么力气的。米田想，就算没有手铐，凭自己赤手空拳要抓住他也不是难事。

"唉，说到琥珀……"

米田没想到自己会发起牢骚。

"我现在是妻离子散了。老子又不是酒鬼，就想老老实实地上班，结果都不要我了，就跟晴天霹雳似的。我之前还自以为是，觉得她们过不了几天就得回来找我。"

本是随口一提，却不知道哪里萌生了一团无名火。

"我那个宝贝女儿跟一个在守山的自卫队队员结婚了。本来她想让我和我那个离了婚的老婆子一起参加婚礼，那我哪能干出那种事来。结果她俩就跑到谁也不认识的南海小岛上办婚礼去了。女婿我也就见过一面，挺爷们儿的，现在倒是少有了。还是个三等队员，放到以前的部队里，怎么也是个排长。将来要是能当个将校就好了。"

川俣停下倒水的手，说道："怎么呢？"

"唉，因为她老爹就是个没本事的退休职工呗。我这辈子也就这样了。现在老婆也要结婚了。我算看清了，她们都不会回来找我了，说出去我都直不起腰来。想给老婆子买个琥珀胸针当礼物都不行了。"

"久等了。"

一杯热咖啡摆在了吧台上。

"真是好喝。我不是恭维你，这么好喝的咖啡我这辈子还是头一次喝。喝完这个我都不想喝别家的咖啡了。"

川俣微微一笑。米田觉得他笑得很欣慰。

"有啥诀窍没？"

"早晚都拿来供佛。"

"是吗，你老婆挺喜欢喝咖啡的吧。"

川俣并没想逃避，径直把目光投向了米田。

178

　　"我想问您……"

　　米田根本不想听，那根本不是自己的义务。把眼前这个人抓起来送到当地的公安局，再坐新干线把他押送到京都，这才是自己的职责。审讯什么的也该是那些脑袋好使的小警员去干。

　　"嗯，嗯，你说我就听着。"

　　米田心不在焉地说道。

　　"那我简单些讲。"

　　米田暗想，你这十五年里到底都跟谁说过。

　　"您老婆离了婚之后再结婚，您也没有办法抱怨她什么。但是要是您老婆之前就一直在外面有男人……"

　　"够了！"

　　米田吼道。再往下说就要越过人性的底线了。

　　"就算是也不能觉得她就该遭报应该去死。要真那么想那么干了，就挽回不了了。不管发生什么，伤及他人性命的理由都是不成立的！"

　　川俣嘴唇抽搐，脸已经没了血色。

　　要抓人就趁现在。米田知道这点，但和川俣四目相对的他却丝毫未动。

　　风似乎停了。云层流动间，阳光洒下，透过门口的玻璃投进一束束琥珀色的光，把端坐着的老板头上的白发都染成了金黄色。

"我就拜托你一件事，你听着。"

米田慢慢从吧椅上滑下，深深低下了已经秃顶的头。

"下星期，直到12月30日凌晨，你一步都不要迈出这家店。把招牌也摘了，就好好待在家里。"

该不该相信这位客人的话，荒井犹豫过后，锁上了店门，走上二楼闭门不出。

他不可能是个路过的旅客，这是毋庸置疑的，但他也不像是从京都过来追查的刑警。

那他到底是谁？再怎么猜也不会有答案的，就只当他是神佛或者先人的化身吧。

"咖啡，给你送晚了。我又觉得报应要来了，我挺害怕的，跟我喝一杯吧。"

眼泪早就流干了的荒井抿着咖啡，那位客人的话不断回荡在他耳边。他竟不禁潸然泪下。

不论发生什么事情，都没有理由去夺走他人的性命。

一直以来自己却拿这个不成立的理由当作开脱，苟活至今。此刻，没有悲伤，没有痛苦，荒井敏男第一次向妻子忏悔。

"请你原谅我！我真的很喜欢你，我没办法，但是我做得过火了，请你原谅我！我一直都爱着你，请你，请你原谅我！"

他想明年一开年就去博物馆，买一块上好的琥珀。

荒井抱着膝盖，坐在透过窗子洒进来的夕阳里，他觉得自己就像一只无法动弹的远古昆虫。

身上越暖和，就越觉得虫子其实比人要幸福。

早就听说三陆的气候多变，吹得人迷了视线的暴风雪也是说停就停。望望车窗外的太平洋，一片风平浪静。

犯了案想逃离现场，这是正常罪犯的心理。但隐藏尸体销毁证据，那一定就是暴徒。

下一站会是个什么样的小城呢？吃着美食，喝着当地的小酒，再找个商务酒店。要是再有一小时一趟的支线列车等着，那就再好不过了。要是一直在前一站等着，想这个想那个就什么也别干了。

算了，已经从现场离开了，就不要再去想了。这就相当于搜查结束。

米田望着黄昏下的云，把手机贴近耳边。这破机器到底有没有必要留着，现在自己也说不准了。

"喂，我是你老爹。女婿回来了吗？"

"干啥呀老爸，要还是刚才说的那件事就别说了，太烦了。找我家那位有啥事？"

"没事。就你一个人吗？"

"国旗都还没降下来呢，怎么可能回家。大白天的您就喝多了吗？"

"我没喝酒，没喝！就是想跟你说个事。"

"在关岛办婚礼的事？"

"不是！一家子都不在一块，一个接一个地去关岛结婚，不怕人笑话吗？我跟你说，你老爸我……"

米田望着窗外满眼的美景。

虽然他贫嘴多舌，但总是词不达意。工作上没什么成绩也好，老婆不喜欢也好，都是因为这个。他要把这些说清楚。

海阔天空，就算耳边柴油机不断轰鸣，眼前的景色也未曾改变。

"你老爸立大功了。"

让他意外的是，女儿不惊不喜，只是突然咯咯地笑了起来。

"是吗？去旅游还抓了小偷了是吗？"

"不是！怎么可能是那种小破事。我这件事能吓得那个瓜皮科长还有那个乳臭未干的小局长脸惨白。就我自己现在都还不大相信呢。"

说到这，女儿不笑了。

"快告诉我，快告诉我！"

"不，不告诉你，反正就是这辈子最大的功劳。"

"哦，老爸，我要做饭去了，不跟你说了，挂了。"

"老爸进棺材之前再告诉你，你和女婿就慢慢等着吧。"

"嗯嗯，知道了。"

电话突然间挂断了。

眼前的美景渐渐褪去了颜色，朱红色的海天转眼间变成了温暖的琥珀色。那是太古的松脂融化，连同昆虫一起在地底凝固而成的琥珀的颜色。

"肯定是大功。"

米田小声自语。到现在他才发现，不是不能告诉女儿和女婿，只是自己已经失去了那唯一一个可以和自己分享这个秘密的人。

在车站的商店里看到的那枚胸针很适合她。

但是，爱人已经踏上了新的旅程，再送这些有形的礼物的话，自己是不是太傻了。

*

山岗上的白房子

*

山岗上的白房子被一堵四季都盛开着蔷薇的墙围着，从山麓的小城望去，那里鲜艳的红橙黄色从未消失过。

山岗上的白房子也因此更像是一栋建在花篮里的玩具洋房。冬天，烟囱里升起白白的烟，看上去会有一分奇妙的感觉。

山岗上的白房子是什么时候建造的呢？我不知道。很小的时候听周围的老人们说起，好像关东大地震把小城夷为平地的时候，白房子就已经悄无声息地建好了。

山岗上的白房子四周是杉树林，我们开始去那玩的时候，那里已经成了一个市营的公园了。听说那里以前都是白房子家的地皮。有时，远远望去会突然觉得大理石的白色洋房像是从海的另一边漂来的，那也是因为它在层层杉树林中央的缘故。

山岗上的白房子四季常青的裙摆上就是我住的小城。别人说从前港口还很繁荣的时候这里也是很热闹的，但是从我记事起没什么用途的运河上就全是工厂排出来的烟和沼气。在我看来，这里已经沦落成一个破旧的平民区了。

山岗上的白房子里住的是什么人我们不知道，也不想知道。可能比我们年长一些的当地人提起白房子会有满心的羡慕和嫉妒，但是对我和我的小伙伴们来说，它就像天上的太阳、星星和月亮一样，只是一个自然景物。

要是对现在的人说这些，感受着社会平等的他们应该是很难理解的。

"烦死了。"

放学后我在走廊里不假思索地说道。

话音刚落，我就感觉到像有一堵墙戳在了我身后。刚要回头，一个大巴掌就把我打飞到旁边的衣物柜上了。在那个年代，大家都认同老师打学生是对学生爱的鞭策。

"你以为我什么都不知道呢？他妈的，少跟我装穷。"

他说的确实是事实，我也没办法申辩什么。我的抱怨已经打破了班主任的忍耐极限。如果当时清田没有冲过来，我恐怕会被打个半死。

品学兼优的清田亮二像是在保护我一样站在了我前面，之后说的话一点也不像凡事都谨慎小心的他能说出来的。

"老师，您这么说就不对了，打人也是不对的。小泽，你也有错，赶紧认错！"

我只动了动嘴唇，说了声"对不起"，老师没回应，转身走了。去旧校区校长室的这段路上，清田很不安，不停地回头看正在怄气的我。

每个月月末都要来这么一出，我都忍无可忍了。

每到这一天，放学的时候班主任都会叫我和清田的名字。"小泽、清田，你们俩留下。"

把我和清田组合在一起，任谁都无法理解。批评也好，赞美也好，我俩都不可能是同样的待遇。但是每个月都会有这么一次，叫我俩留下的原因也是人尽皆知。高一第一学期的时候，我和清田就已经开始伴着"奖金奖金"这种戏谑的欢呼声去校长室了。

那天一走出教室，我就张开双臂，迎接欢呼与喝彩。清田却像是个被人扔石头的罪人，低着头跟在老师后面。

"什么奖金啊？"

那个只会罚学生做兔跳和倒立，并且以此为人生终极意义的体育老师问道。

"就是助学金。"

清田自嘲地答道。老师边走边想，突然说了一句。

"那他们这样可不行，我让他们别叫喊了！"

他这真是什么都不懂啊。我和清田都是穷人家的孩子，别人怎么笑话我们也都无关痛痒。首先，起哄的那些同学大部分家境和我俩差不多，穷孩子笑话穷孩子本来都是没有恶意的，更像是一种亲密的表现。反倒是把这种亲密当成有恶意而去对同学们说教一番，才是让我和清田彻底没了面子。

"不用了老师，您别管了。"

不知道体育老师明不明白清田的意思，反正他是没有去说其他的同学。从那以后，一到月底，我俩就会在大伙的声援下走去校长室。

　　说起来简单，但确实挺烦人的。我们拿的助学金一年也就一万多日元，所以一年搞一次授予仪式也就可以了，但是学校非要把助学金分成十二份，每月发一千多日元，而且每次都要办个仪式。关键这个仪式还不是发现金，只是由班主任陪着一起到校长室在材料上盖个章。

　　那个时候的校长都是一群又老又严肃的人，无趣又不亲切。我们这个校长每次除了让我们盖章之外还会问这问那，对我来说，这个才是更让人受不了的。

　　如果只是我一个人去的话倒还好说，可还有清田。我不想让清田知道我个人的事情，而且我也不想了解清田家里的情况。

　　校长每次都是以"清田表现不错啊"开头，最后落款到"小泽再不努力可不行啊"。

　　谁都知道这种事实，所以把这两句话分别当成开幕和闭幕的致辞也就无所谓了。但问题是，在这两句中间校长每次都会穿插着问一下我们两家各自的近况。

　　对清田他会先从"你父亲的病怎么样了？"开始发问。清田会答"还是老样子。"在这之后一来一回，就算我不想知道清田家里的事情也知道了。

　　他爸爸有慢性肝病，一直在市医院住院。母亲在港区的工地上给人家做饭。她有哮喘病。所以家里的独子清田就必须要拿助学金，不仅如此，每天早上还要给人送牛奶赚钱补贴家用。

　　大致是这样，但我并不是太相信。生在穷地方看惯了底层百态的我很清楚，世界上是不可能存在像日活的青春电影里演的那般单纯的不幸的。

　　要申请助学金，必须要写一些这样的理由，当然了，这是会审查的。这种时候，要是把情况说得太复杂，就算说的全是真的也会不讨好。所以就要在不捏造事实的前提下，适当地把自己家的不幸描述得单纯一点，让人一听就明白。这也不是欺诈，只是为了享受这份恩典对事实稍做变形而已。

　　当初问我的时候，我就是这样说的。

　　"小泽的母亲是日本舞蹈的老师对吧，搞艺术可是很辛苦的，但是收入没多少，你可不能一直这么悠哉，跟清田学学，也去打打工。"

　　面对校长的好心，我只能生硬地回答"嗯，我会的"。因为我助学金的申请材料上写的理由基本上全是假的。

　　我妈妈确实是搞日本舞蹈的，但是这东西根本就养活不了我们娘俩，更别说我们这个小城市，这里的人跟学舞蹈基本是无缘的。所以妈妈就去夜总会陪酒，之所以她这个半老徐娘能一直不被炒鱿鱼，是因为她每晚都会上台表演一次舞蹈。

　　她们这个行业的具体情况我不知道，不过在外国人汇集的港口城市，穿和服跳舞的表演是夜总会里必不可少的项目，要是有人想单干的话，这个技能就是她最大的招牌。

　　我在申请书上写的是父母在我年幼的时候离婚了，我是由母亲一手带大的，这当然是和真实情况有一些偏差的。怀着身孕的妈妈漂泊到这个小城，生下了我又把我养大。这样写的话面子上就很难看，何况事实比这还要复杂。

　　妈妈本来也是一个小媳妇，那家的条件还不错。后来出轨怀上了我，婆家就提出离婚了。要是把这些都详细地说出来，说者难堪，听者也会很为难，所以与其说我歪曲事实，倒不如说我这是为了双方都好，才把情况简单化了。最终，我的身世就成了"年幼时父母离异，身为舞蹈家的母亲将我一手带大"。

　　理所当然的，妈妈之前的婆家跟我没有一点关系，但是我的生父跟我们多少还是有些联系。

　　每年不定期的会有那么一两次，我和妈妈会去涉谷站的忠犬八公像前面等那个男人。

　　每次都是急匆匆的，因为每次相见都不知道是他们谁临时起意提出来的。所以那个男人每次都是穿得西装笔挺，妈妈也是晚上上班时的打扮。时间基本都是定在下午或者傍晚，妈妈解释说，这个时间男方要么是在上班，要么是要下班回家；女方则是准备去夜总会上班，所以大家虽然是一时兴起，却都穿戴整齐，给对方留下的印象也会很好。

　　他们见面的时候是没有金钱上的往来的。不，从妈妈的经济条件来看，这个男人应该从来都没有给过她任何帮助。若非如此，我也不会自作主张地拿回助学金申请表，妈妈也不会在看到申请表后那么高兴。

　　可是，在我升入高中的那年，忠犬八公像前家人团聚一样的见面突然终止了。

　　所以说，想想我自己是怎样加工事实的，我怎么可能还会相信清田那个像日活青春电影一样的家庭背景。清田脑子那么好使，肯定也会对我在申请表上写的情况有所琢磨。

即便互相都心知肚明，我俩还是能脸不红心不跳地应对校长千篇一律的问题。在一旁献殷勤的班主任、校长秘书和教务主任只有在这种时候才会假惺惺地关心我们，参与我们的谈话。

要不然的话，他们只会把我们俩分别当作一个典型来做比较。像我和清田这种从学习到品德都是鲜明对比的两个人，居然是成长于同一片贫瘠的土壤，这也太不可思议了。

我曾经去过一次山岗上的白房子。

我担心要是跟别人说的话大家都会以为我在做梦，所以我连对妈妈都没有说。如果跟她说的话，她恐怕会停下对着镜子涂口红的手，笑着说"你是梦里去的吧"。

大概是小学一二年级，或者是上学之前的时候吧。如果当时我是能分辨事物好坏的年纪，也就不会有那次的经历了。

当时我和小伙伴们在山岗上的杉树林里玩捉迷藏。

那个年代，小孩子们去哪里玩大人们都很放心。一到五点，到处都能听到工厂下班的铃声，对于小孩子们来说，这就是催促他们回家的信号。为了不挨骂，孩子们也都很守规矩，只要一听到五点的铃声，不管在玩什么，不管玩得多尽兴，都会像从梦中醒来一样喊一声"不玩啦"，而后各自回家。

那个从未见过的小女孩跟我打招呼的时候就是在这个要回家的时间。我忘了当时自己藏在什么地方了，没有听到铃声，结果就一直藏着，其他小伙伴都回家了，就剩我一个人。

——"已经没人了啊。"

小女孩像精灵一样出现在我面前，用一种悲切的声音说道。那个年代男孩子都是剃光头，女孩则是娃娃头或者梳双马尾。但这个小女孩却梳着单马尾，还用丝带打了个蝴蝶结。

当时社会上孩子很多，港口城市的人员流动又很大，平时也会有不认识的小朋友跟我们一起玩，但是她并不是我们的固定玩伴。

这个小女孩也和我们一起捉迷藏了，但是大家都不知道她的名字，找到她也没办法喊，所以看到了也装作没有看到。实际上这就和精灵差不多了。

"你不回家吗？"我问。

小女孩伸出白皙得仿佛能透过夕阳的手臂，指向身后杉树林的尽头。我没有像往常一样抬头仰望，而是直接平视就能看到，是那栋山岗上的白房子。

——"以前，这里也是我家的院子哟。"小女孩说道。

她这么说，好像是在告诉我，是她允许我们在她家的院子里玩耍的。只是，我仿佛从她的话里听到了一丝悲伤。

——"再去我家院子里玩一会儿吧。"

小女孩没有看到我的犹豫，拉起我的手走向家里。

山岗上的白房子对于我们这些住在它裙摆上的人来说，就像是太阳、月亮、星星一般的存在，让我去那样的地方，如果当时我是能分辨是非黑白的年纪，就该知道即便是有主人的邀请，也不该踏足。但是当时我还不知道什么叫怕，就任由小女孩拉着我，从蔷薇墙掩护着的后门走进了院子。

"我们在院子里玩吧。"小女孩说道。

但是当我踏进院子的一瞬间，就感觉这里和我们这些小孩子平时玩耍的院子完全不同。这里有人精心种植着鲜花、修剪着草坪，就连一进入院子就吸引了我眼球的那个大理石喷泉喷出来的水柱，都不是我们这些小孩可以触碰的。

从山麓望上来看着像玩具一样的白房子其实是个巨大的西洋公馆。在杉树林里之所以看不到，是因为它三面都被高高的围墙挡住了，面对悬崖的南面就是那堵一年四季都盛开着蔷薇的花墙。所以，在近处看不到的白房子，在山麓的小城里是可以望见的。

说是来玩，小女孩直接跑进阳台，不一会儿，一位身着白色华丽和服的老妇人走了出来，用一种怀疑的目光盯着我，又转身对小女孩说了什么，听上去好像是在训斥她。

我轻轻地坐在珐琅椅子上，小女孩请我喝果汁，吃好吃的点心。也不过五到十分钟。五点铃声响了之后我本来也不能在这里多待，何况觉得我是不速之客的老妇人一直站在小女孩身后，越过小女孩的肩膀和她四目相对时，她那个眼神好像在催我赶紧离开。

大院子是南高北低的，站在南边可以看到蔷薇墙外面的大海。海面就像电影院的大荧幕，挂在崖前。倒映着夕阳绛红的海面无边无垠，只是在海天相接的地方，可以看到我生长的那座小城。在这里望去，它渺小得像一个昆虫的巢穴。

——"小姐，时间差不多了。"

老妇人说了好几次，小女孩终于不再多说什么。借着这个机会，我非常礼貌地行了个礼，转身跑下阳台。正当我要走出后门时，我回头看到小女孩站在高处朝我挥着手。

不知道为什么我会把老妇人用纸包给我的点心扔到公园的垃圾桶里，当然不会是出于我这个不速之客的自尊。走出山岗上的白房子，我总觉得自己做了什么坏事，一股负罪感包裹着我。换句话说，或许是为了销毁罪证吧，我才会把点心丢掉的。

但是没过一会儿我就后悔了。要是我把证据带回家，那以后就不会有人怀疑我说的是梦话了。往妈妈的红嘴唇里塞一块点心，她也可以当我的证人了。

没有证据，跟别人说的话别人也会觉得我是在做梦，我只好对着公寓向北的窗子坐下，伴着楼下运河上升起的那令人作呕的沼气，透过黄昏中的白雾远望山岗上的白色公馆。

"把饭热一下再吃，吃冷饭将来没出息。"妈妈说完就出门去上夜班了。我哪有什么心思去吃冷饭，根本一点食欲都没有。就那么一直抱着膝盖望着夜空，看着山岗上的白房子慢慢被黑夜吞没。

或许，说成是从月宫回来的人在仰望月亮更贴切吧。

"这些天公安局也是够忙的，都是被你们这些兔崽子害的。"

一个相识的刑警刚一走进审讯室，就假装被绊了一下，然后顺势使劲一脚踢飞了我的椅子腿。

我觉得他踢椅子腿肯定是有什么诀窍的。双手戴着手铐，用腰带绑在椅子上的我连同椅子翻了个跟头，直接被踢到了墙边。警察在审讯的时候是禁止使用暴力的，但如果他是被绊倒那就没法说什么了。

那个刑警对着倒在地上的我吐着烟圈说道。

"你妈都爱上少管所了吧。要不是现在放暑假，我们肯定通知你学校，现在老师都放假了，跟他们说这些也没用。哦对了，你还拿着助学金呢是吧，家里就你和你妈俩人，这要是给你退学了，你老师也挺为难的对吧。行吧，这次我还是想行行好把你放了，但是你要是没有担保人就不好办了。你怎么想的，是给你妈打个电话求求她，还是考虑找个能替你担保的熟人过来签字？今天晚上你就先在少年房待一宿吧。还有，伤怎么样了？太疼的话我就带你去医院。"

一照面就开始找事打架其实就像是血气方刚的少年之间的运动，不过与运动的不同之处在于一条不成文的规矩，输了的一方要把手里的钱交出来。像我这种气势硬拳头不硬的，就会挑一些一吓就怕的目标下手，不过有的时候也会杀人不成反被杀。

这次碰到的虽然是个四眼田鸡，结果却翻船了。第一眼看上去他也就是个大学书呆子，可能是觉得自己带了个女的还是怎么的，壮着胆子就迎面走过来了。趁我们在不显眼的小巷子里打着的工夫，那个女的跑到附近的公安局把警察叫来了，然后我就光荣被捕了。挑事的确实是我，那个女的作证说我说了"把钱交出来就饶了你"，这样就成了恐吓未遂了。

以前的警察还是会放水的。可能是因为当时社会上对暴力事件比现在宽容吧。我们这些从小就惹事的不良少年要比那些拿着棍子到处打架的学生和无业游民们更容易被轻纵，所以就算一再犯事，只要不把对方打成重伤，家长出面担保，我们再认个错也就没事了。当时遇到这种事，几十次里也就只有一次警察会介入，确实是社会风气不好。

妈妈没来领我，我就被安排到拘留所的少年房去了。警察说得严重，但是以我以往的经验判断，晚上夜总会一散场，或者在拘留所里蹲一晚，第二天天一亮妈妈应该就会来了。

拘留所里的房间是以岗哨为中心呈扇形排列，最边上的一间就是少年房，今晚在这儿的就我一个人。

半夜，开锁的警报响了，我还以为是妈妈终于来接我了，结果起身一看并不是。铁门打开以后，狱警带进来一个站都站不稳的醉鬼。

少年房成了酒鬼收容所了，那个意识不清醒的大叔直接倒在了我睡觉的床上。

"小孩，看着点他啊。"

狱警笑了。醉汉不是罪犯，所以收容的话也只能放在少年房里。这下真是让我受不了了。

更烦人的是这个醉鬼虽然意识不清，但是还不肯睡觉，盘腿坐在我的坐垫上开始问我"多大了""干什么的"，然后又对我一番说教。狱警过来说他也好，隔壁房间的人吼他也好，他都不听，就非要挨着我跟我说话。

"对了，你跟我儿子一样大。"

人叔开始吹嘘自己儿子。说得好像是鸡窝里飞出金凤凰似的，说自己的儿子多孝顺，在学校成绩总是第一什么的。

我裹着潮湿的毛毯，把他的话当作了耳旁风，但是有一句话让我一激灵，就是他说他儿子学校的名字。之后醉鬼就开始哭，说儿子送牛奶赚的钱也被他拿来买酒了。

"所以我就是喝得烂醉，也不告诉他们我家在哪，也不说家里人叫什么名字。条子要是知道了，肯定要让我老婆或者我儿子来接我。我这样回家肯定要跟儿子打起来，条子说让我先在这待一宿。"

"你去死吧！"我说。

"滚一边去！我儿子也这么说我。"

灯光下醉鬼的脸看上去有点像极了清田。

我觉得可笑，又觉得厌恶。看来不是我想得太多，清田亮二为了拿助学金而加工过的现实情况，现在我大概知道了。

"去死！"

我从床上站起来盯着这个男人，像法官一样，底气坚定地又说了一遍。

第二天，妈妈还是没来接我。出现在我面前的是跟妈妈相好的泥瓦工。这个矬子跟妈妈一点也不般配，但我并不讨厌他，只是不叫他的名字，直接叫他"泥瓦工"。

倒也不是只这样叫他一个人。不知道为什么，妈妈挨个给我介绍的男人们，我都是这么直接叫他们的职业的，什么"出租司机"，什么"船员"，什么"公务员"。这么一个接一个地换着，大概过了半年到一年时间，我在这群无聊的男人里认识了其貌不扬却很有人情味的"泥瓦工"。

"泥瓦工"好像很不好意思，看他不停地跟办手续的女警点头哈腰把我担保出来，感觉好像被放出来的是他一样。走出公安局的门，他看了看飘着雨滴的天空说了句"我今天不用工作，你妈妈就让我来接你了"，我心里想，就算今天是晴天你也会来的。

我和"泥瓦工"沉默无言，像落汤鸡一样走到了港口。不知道他为什么会选择绕远。不过就算淋湿了也没觉得怎么样，我们俩享受着这种愉快的惩罚，淋着雨继续走着。

"别老给你妈妈惹事了啊。"

这句终于在河口说出的话"泥瓦工"肯定已经考虑了一路。发臭的运河上，停泊的渔船正随着河水上下漂动。

我没有回答。被雨水冲洗过的大脑一片空白，只是我被接出来时清田的父亲那蜷成一团像个蚕蛹一样酣睡的样子不时地浮现在我眼前。

那个夏天我基本上没回过公寓，就在狐朋狗友们的家里轮流住着。

一个夏天就要麻烦人家两次，就算交情再深的警察也会烦的，虽然我的想法还是不去自己谋生，而是用别人的钱吃喝玩乐。

有这种想法的人应该是不出去打工，就在家里宅着，等着老妈给口饭吃就很满足了。可我觉得和妈妈生活在一起太憋得慌了。那件事情以后，我连"泥瓦工"也不愿意看见了。

自己的钱和别人的钱不分清楚，不是我品性不好，而是因为我们生在了这样一个穷地方。和我一起玩的那些男男女女也都是这样，所以大家谁也不会对我太刻薄。

我在一个不大熟悉的女人家里吃过一段时间的闲饭。之所以说不大熟悉，是因为她是我朋友的朋友的朋友，其实也就是一个没见过也不认识的女人。长得倒是不算太丑，就是瘦得有些病态，撒谎就像开玩笑一样，连眼睛都不眨，住在她家的日子有些不通世俗，反倒让人觉得舒服。她经常会一本正经地说她男朋友是远洋的一等海员，9月份就要回来了，到时候我就得走人。

她年纪大概比我大一轮，问她在哪工作她必定会骗我，所以我就佯装不知。但是有一点让我觉得很意外，就是她英语说得非常好。有一次有个外国人问路，我还不知道该怎么回答的时候，她用流利的英语给那个人指了路，让我大吃一惊。那一刻我都想代替她那个永远回不来的海员当她的男友了。

206

现在想来，她的容貌和名字我都记不得了。但是在我人生中最难忘的那个时段中，她就像一个坐标立在那里，初见觉得毫无意义，实际上对我的命运却至关重要。她会说英语，就先用"英子"来称呼她吧。

有天清晨，我从英子身旁醒来，一边打着哈欠，一边走进了还没放亮的小城。

这个时间，走在她家附近的商业街上，就会看到各家店铺百叶窗前放着送来的面包盒。拐过弯，一间简陋的民房前的牛奶箱子里放着用塑料袋套住瓶口的牛奶瓶子。和钱一样，我也不会区分某样东西是自己的还是别人的。既然在英子家吃闲饭，那给她准备个早餐也算是我的善举了。

我往自己的帆布卫衣口袋里塞了面包和牛奶，打着哈欠正往回走着，就听见后面有人骑着自行车追我。

我没有跑。年轻人也不都是精力充沛的，那个时候的我就像个老头一样颓废，一点精神都没有。我以为是值班的警察，就我这个样子，连跑都懒得跑，被抓就被抓吧。

可身后传来"小泽！小泽！"的声音。我心想，还是个知道我叫什么名字的警察，这可如何是好。回头一看，骑着铁皮自行车追过来的是清田。我暗想，坏了，这比让警察按盗窃给抓了还难搞。

"怎么是你啊，你这怎么行呢。"

清田白皙的脸上，因为愤怒而泛起了青色。

"哪不行了？"我轻蔑地说道。

清田没有说话，眼眶里涌上了泪水，我没有发怵，直接定睛看着他。

"你偷走的，要从我的工钱里扣的。"

我没想到会有这样的事。那一刻我竟然忘了自己就是偷牛奶的人，还满腔怒火地想去胖揍一顿不讲理的牛奶店老板。

我该向清田道歉再补给他奶钱吗，那也太难为情了，于是我就找了个借口让他闭嘴。

"反正你的工钱也都让你老爹拿去买酒喝，你赚钱给他买酒，还不如请我喝牛奶呢。"

说着，我从自行车后座的箱子里拿出一瓶牛奶，捅破了瓶口直接大口喝了起来。

"小泽！你别闹了！"

"你才闹呢。大家都是拿助学金的，你拿穷当幌子，倒叫我没面子。"

清田急了，抓住我的衣领。他愤怒的声音就像一头吼叫的猛兽。我在甩开他那像女人一样细嫩白皙的手之前，使劲一脚踢倒了他的自行车。

被甩开的清田和自行车一同倒在了地上，霎时间他忘记了愤怒，在"白色的海洋"里挣扎了一下，手忙脚乱地拾起没有摔碎的牛奶瓶，像摆积木一样把瓶子在马路上摆好。

"在自行车上弄破的也得赔吧？"

我朝那汪白色的海水吐了口唾沫，转身走了。我记得对女性的认知启蒙比较晚的我第一次抱英子，好像就是在那天早上。

我在英子的公寓里也会望着山岗上的白房子。英子的床占了她那个七八平方米的房间的一半，躺在床上，睁开眼就能看到白房子远远地立在夏日的天空中。

好像就是在我对清田做出那件过分的事情的那个早晨，我从英子那里听到了有关山岗上的白房子的事。也就是在我抱过她后，她在我耳边说起的。

"那个房子……"

英子像病人用带把的小镜子照窗外的景色看一样躺在床上，一只手伸向远方，指着山岗上的白房子。

"那是我男朋友的房子。"

英子本来就是满嘴跑火车的人，我也不觉得反感。反正她的话对人也没什么伤害，就是单纯的出于自己的虚荣心罢了，她说得越离谱，我越觉得有意思。不过要想尽情享受英子骗人的话，也是要有技巧的，就像现在这种情况，我就绝对不能问"是那个一等海员的房子吗"。如果把她的话往别的地方引，或者直接否定的话，就会像逆流而上一般失速。只要随声应和，英子就会把她的话漫无边际地放大。

我装作十分钦佩的样子应和了一声。随后英子从背后一把搂住我，开始继续夸大她的话。

"气死了，就是我那个男朋友，他让我教他女儿学英语。"

我心想，远洋一等海员怎么会让别人来教自己的孩子学英语呢。但是我不能指出这个矛盾点。

只要默默地听着，英子自己就会把矛盾的地方理顺，然后一个新的话题又会被展开，会更有意思。

"啊，我说错顺序了，是我给他女儿当英语老师之后我俩才好上的。"

我望着山岗上的白房子，听着英子轻柔低沉的声音，仿佛在听播音员讲故事一般。只在幼时去过一次的院子和洋房，那模样又清晰地浮现在我心中，时至今日我依旧分不清那到底是现实还是一场梦。

我打破了禁忌，问了那家女儿的年纪。英子像个大姐姐一样答道："和你一样大哦。"就这一句话，我突然觉得，她说的话或许并不是骗人的。

英子继续说着她那些让人分辨不清真假的话。

"她可是个地地道道的小处女哦。我敢保证。不过，其实她很想尝试那个。毕竟是深闺中的大小姐，想谈恋爱，想那个，但是又要上课什么的。啊，对了，我除了教她英语之外，还教她钢琴和小提琴呢。"

这肯定是假的。不过她说山岗上的白房子家的女儿是地道的处女，说她想谈恋爱想尝试那个的时候，确实说得相当生动。

我知道，这些事和一个女孩的出身没多大关系，只是越是教养优越的女孩子，对别人的警戒心越差。

"我介绍给你认识呀。"英子有些破罐破摔地说道。

　　她抛出这样的一句话，倒叫我开始沉思。她这句话恐怕不是骗人也不是开玩笑的，是她早就设计好了要说出这句话。我甚至觉得她为了能说出这句话，从一开始说白房子的时候就在筹谋。

　　我深知，处世的基本就是不能轻易接受他人的劝诱和建议。

　　看看我周围的这些朋友，家境好的大多都很诚实，说出来的话可以信以为真。但是家境不好的那些就不诚实，或者说，即便是诚实他们也没有发挥这份诚实的空间，总之他们说的话是不可信赖的。他们如果不这样的话，就连生活中那一点点乐趣也抓不住了。

　　就比如说为了拿助学金，我和清田都写了假的信息。在这种环境里，为了博取周围人的信任，大家都在面不改色心不跳地骗着人。

　　这样一来，满嘴瞎话的英子就成了一个不得不防的存在。虽然她的话对人无益又无害，但是这样的女人最后会为了自己的利益而给我带来麻烦，这一点也不稀奇。

　　"哎呀，我介绍你们认识吧。"

　　我暗自考虑，英子要从这件事情中获得什么样的利益？

要赶走我这个赖着不走的高中生？

对负心汉的报复？

还是想捏造些对山岗上的白房子家的人不太体面的丑闻，再从中勒索点钱？

不管我想得有多恶劣，对英子来说都能合适。不过我觉得最合理的理由其实是出于她的恶趣味，把不良少年和情窦初开又涉世未深的少女鼓捣在一起，然后静静地观察会产生什么戏剧性的结果。

"喂，我介绍你们认识。"

这次英子没有带着骗人或是开玩笑的口吻，而是一本正经地说道。

英子这次没有说谎。

不过对她这种不知道什么时候就会掺些假话进去的女人来说，我是不可能就因为这一次她没骗人而放松对她的警惕的。

天不怕地不怕的少女从山岗上的白房子来到了面向码头的酒店。应该是英子提出这种危险的想法之后的一天或者两天，她就站到了酒店的院子里。

老酒店的院子里是石子铺的路，两旁栽着不知名的夏季植物。院子中央有一个破旧的喷泉，细溜溜地吐着水。

化上妆，再打扮打扮，英子直接变身成最适合这种场合的女人。再戴上赫本的墨镜，穿着裙子跷着二郎腿喝着红茶，就算不是赫本，看着也像个赫本范儿的贵妇。

英子没有骗人，但也只限于她是山岗上的白房子家的英语老师这一点。其他的部分，哪句是真哪句是假，我到现在也不是很清楚。

少女称呼英子为老师，英子也像那么回事似的叫少女"小bǎi hé"。光听读音的话，"bǎi hé"是哪两个字我也不知道，印象中应该是"百合"。

英子还没有向少女介绍我，我自己就把我之所以会在这里的原因告诉她了。

"我们以前见过，你还记得吗？"

英子吃惊地盯着我。我从她的吃惊中确认，她确实有不可告人的企图。

——"啊？我不知道啊。"

百合看着很伶俐。此刻她正满脸疑惑地看着我。那种表情和举止都是我至今从未见过的。她的眼神告诉我她是一个不知世间险恶，举止优雅、谦逊有礼，浑身上下都透着高贵的女子。

一瞬间，我想起英子的企图，那个我已经猜腻了的"阴谋"。她说的话也不知道哪句真哪句假。没准她这个满嘴瞎话没有一点优点的女人还会编排百合这种没有一点缺点，完美得像宝石一样的少女。

这对她来说一点也不费事。

打过招呼后，我慌乱地对百合讲了我们在十年前的那个夏日黄昏相遇的事情。没想到，我虽然慌乱，说得却很得体。

百合还记得那天的事情。然后我们又聊了一会儿，仿佛两个十年未见的发小一般。

英子的计划并未落空，进展反而比预想的更加顺利，但她却流露出一副不开心的样子。或许是因为她不满自己事先计划操纵整个流程的主动权，被我这个本该充当演员的人给掌握了吧。

我不知道英子是按照什么主题来准备这场危险相见的，但我知道，百合在找能献出自己第一次的人这一点肯定是假的。

　　看着我们慢慢聊开了，英子就像一个经验丰富的媒婆一样起身离场了。英子对百合说她是我的婶婶，还真是言行态度、待人接物都不辱她谎话连篇的名声。

　　"你们俩要是想吃点什么的话，我就和姐姐说一声，然后给小百合家里打电话说她跟我在一起。不过你们可不能太晚哦。"

　　"给，这是些零钱。"英子说着，给了我过量的钱。之所以说是过量，是因为这些钱足够我和百合一起吃饭、一起去港区的酒吧喝得尽兴，再去酒店开个房的。

　　起身离开的时候，英子有短短的一瞬间像是狰狞的猛兽一般盯着我看了一眼。

　　山岗上的白房子家的少女，我爱上了她。

　　成年人的爱情都是身体接触之后才产生的，其实小年轻们的感情也没有那么迟钝。精神上并不比肉体上的滞后。

　　那晚，吃过饭我就把百合送到了山岗上的白房子。

时间上大概就是和家庭教师简单地吃了顿饭就回家了的用时。

路上，我们想好了之后要怎么联系。打电话的话，肯定会被她家里的人接到，所以百合让我说自己是"青年交响的小泽"。

对我来说，这个方法本身就像是一个暗号。因为就算电话响了，她家人也不会接的。"青年交响"是她参加的青少年交响乐团，她说团里有需要通知的事情都是团员们打电话传达的。

我这边只有公寓负责人办公室门前有一台粉色的公用电话，住在这里的人经常为了这个电话吵架。我就骗人说"我妈不让我搞男女关系"，连我自己都被吓到了。

夜空下坡路的尽头就是山岗上的白房子。我一直在发蒙，自己是谁？在干什么？送百合回家当然也是出于纯真，不过在这之前我要亲自确认她是不是真的住在山岗上的白房子里，是不是我儿时那个不到十分钟的朋友，和那个梳着马尾的小女孩是不是同一个人。

在山岗上的白房子那扇像家徽一样的铁门前，百合停住了脚步。她的马尾就像儿时的那天一样随风摇曳。

突然她转过身，面向山麓的大海和小城。

大海与青色的夜空融为一体，仿佛一块大幕垂直立在眼前。正向海里抛着锚的货船上，闪烁着舷灯，在这片夜幕下，分不清那是星光还是灯光。我生长的小城比小时候灯火通明了许多，但贫穷还是一如往昔。一些东西成了山岗的裙摆上装点的织锦刺绣。

——那是街灯。

百合望着璀璨的夜空，突然拉住我的手，走进了杉树林深处。

当我明白百合要做什么的那一刻，我说不清理由地摆着手往后退。无处可去的我说出了一句很随便的话。

"我想把我朋友介绍给你……"

当时，唆使我这么做的到底是天使，还是恶魔？又或者都不是，而是出于我的本性？我至今也没有答案。

"我会赔你钱的，但是，我没钱。"

天还没亮，我就在商店街等着清田。在他的自行车要从我身边骑过的时候，我抓住车子的后座说道。

"不用啦。"清田答道。他没有鄙视我，没有逃避我，还是一如既往地露出笑容。他真是个彻彻底底的好人。

"不过……"我刚开始继续说，清田就从自行车上下来面对着我。他和我一样，都是穷掉渣的人。

"你没女朋友吧？给你介绍一个。"

"啊？？"清出的声音中带着惊讶、欢喜、犹豫，或许还有一丝怀疑。对一个十六岁的少年说这种话，就算是骗他或者跟他开玩笑也是不要紧的。

牛奶的配送是有时间规定的，于是我就跟在清田自行车的后面，跟他商量着怎么赔偿之前我偷走和打坏的牛奶。

我照实说着，但是这个"照实"中也并非没有虚假的成分。我说："现实情况与真实情况一致的只有百合很有钱，不是穷人家的孩子这一点。也就是说，真正的情况具体是什么样的我也不知道，我只是按照我看到的情况照实跟你说。"

我觉得，至少在这一刻我是诚实的。在确认了那个少女就是山岗上的白房子家的人之后，我就变得开始害怕了。说好听点儿，是我觉得我们不合适。简单点说，就是和百合交往是我力所不能及的。我也绝对不能干那种事。

　　所以我急中生智，想要是换成清田怎么样？其实都不用我想，像清田这种无可挑剔的朋友，就算和山岗上的白房子家的小姐在一起，大家也不会觉得奇怪。

　　我心底是尊敬清田的，见到他那个让人没辙的老爹之后，我对他又多了一份可怜。既尊敬又同情的对手，视为好友也无妨。不过要让我承认他是我的好友，我总有些别扭，还有一丝丝的不敢当。

　　其实，可以说我是把梦想托付给了清田。就算我遵从自己的内心和百合在一起，我们的感情应该也不会长久，充其量也就是维持到暑假结束吧。到时候我可能又会有什么过分的想法，再不然就是犯事被送进少管所。

　　要是按照日活青春电影的情节来看，我们的事无疑就是深闺中的富家小姐和公认的不良少年之间没有回报的爱情。但是当事的不良少年早就明白，这种悲情故事毫无现实意义。

　　那么，如果富家小姐的恋人不是不良少年，而是换成二宫金次郎那样的勤奋少年会怎么样呢？从电影情节角度来讲会很无趣，不过应该是可以参加艺术节，还能

220

被文部省推荐的。

我说自己把梦想托付给了清田，其实就是出于这样孩子气的理由。想来小孩子也就只能想到这种程度了吧。不过我觉得我还有更宏大、更切实的想法。

我是个私生子，对生父也只有在涉谷的忠犬八公像前面见过几次面的记忆。至于换了一个又一个男人，还把这些当功勋向我炫耀的妈妈，我一直都觉得她是一个会跳舞的妓女。我身无分文，为了拿每个月一千多日元的助学金，还要对人点头哈腰，随时扯谎，稍微抱怨一下还会被老师打。

清田和我差不多。但他只会比我好些，不会比我更惨。这就是两个相似的人之间最大的差别。

我办不成的事，清田或许可以。这些是我说不清楚却在心底一直默默期盼的。

在我们这种生长在贫民区的人的印象里，山岗上的白房子绝对不可能是人住的地方，那是有如日月一般的自然景象。如果有年轻人证实了那里确实是人类的居所，里面住着的确实是和我们毫无两样的人，还堂堂正正地跨过了恋爱这道看不见的彩虹和房子里的人在一起了，那这个人除了清田亮二以外，不可能再有别人。

　　所以我把我的梦想都托付给了清田。他会背负着偿还助学金的义务考上国立大学，然后开一家公司或者当上内阁大臣，再或者成为一名能拿诺贝尔奖的物理学家？我不知道。我托付给清田的梦想，就是这些遥不可及的前路。

　　我在运河的堤坝上抽着烟，远远地望着清田在牛奶店后院的井边默默洗牛奶瓶的样子。

　　坏到心眼里的老板娘会不时地走过去，拿走洗好的奶瓶。我想，能张得开嘴怒骂清田的人，全世界应该只有这个老太婆一个。

　　我说要帮忙，清田却笑着说"不用啦，不用啦"。就算我爱瞎想，但我依然相信他的那句"不用啦，不用啦"是真心的。就连老爹的酒钱都要自己去赚的清田对人是非常客气的。

　　清田的工作正好在八点的时候做完了。如果不是放暑假，这个时间他就要紧赶着回家准备去上学了。每天早上关了店门，清田都会像学校的啦啦队或者棒球队的新人一样站好，大声地说一句"谢谢"。看他这么说，我想，更希望他将来能当首相或者拿诺贝尔奖的可能是牛奶店的老板吧。

清田两手提着牛奶跑到堤上来。"日期虽然是昨天的，但是不会喝坏肚子的。吃白的东西能补充营养。"他说。

我握着牛奶瓶看着他。他像个女孩子一样瘦，说话的时候花茎一般的喉咙像渴求露水似的颤动。我们生长的环境都是一样的，为什么这家伙能把自己的东西和别人的东西分得这么清楚？不偷不抢，不伤害别人，一心守护属于自己的部分，这点在职场是很容易得到大家称赞的，可在我看来，这简直就是个奇迹。

"对了，你为什么想到我啊？"

清田毫无猜忌地笑着看向我。

理由太复杂了，说是说不清楚的。我自己都理不清。表面上看这是我偷了他牛奶还打碎了牛奶瓶的补偿，但我不愿让他这样想。

"还不是因为你太无趣。"

我由衷地想这么说，但是我嘴里叼着烟，双手还像捧了一大束花一样。

夏去秋来，山岗上的白房子没有任何变化，还是在我头顶上。

有变化的是我。我终于开始干活了，也拿到了报酬。周六下午和周日一整天，我都会跟着"泥瓦工"去工地，和和泥、刷刷墙，我并不觉得我帮了什么忙，但是"泥瓦工"每次都会吼着分给我一部分钱。

我拿着自己的薪水，不偷不抢地买了牛奶和面包，心血来潮地去了英子的公寓。结果开门的是个连眉毛周围都文了身的人，他说他不认识我要找的女人。英子搬家了？还是在我离开后她就被眼前这个吓人的男人看上了？我不知道。总之，那个满嘴跑火车的女人在我的人生中留下了一块残破的路标之后就消失了。

清田和百合怎么样了我也不知道。反正我不去问清田，他也不会告诉我。我和清田除了同学眼中的"奖金兄弟"之外基本没有任何接触。

现在，男女之间已经毫无隔阂，跟当代的年轻人说这些他们可能很难理解。但是在我们那个年代，少男少女都规规矩矩地分开住。不过说来也怪，那个时候恋爱的人数和现在几乎是一样的，也就是说，虽然有阻碍，当时的年轻人还是有动力跨过这些隔阂的。这样一来，当时的恋爱质量势必比现在要高很多，恋人之间的关系也比现在更紧密。

在那个年代，朋友的介绍是恋爱开始的王道。我对于顶着炎炎夏日在港区的公园里给清田和百合当媒人这件事，完全不觉得有什么不自在。虽然我依旧不知道当初英子到底在盘算什么，但不会再把她的目的往坏处想了。

9月底，发生了一件事情。

照例，我和清田到校长室去拿助学金。刚盖完章，校长就让教务主任、秘书和班主任出去了。他们出去后推门进来的却是负责生活指导的老师。

我身子一缩，心想这下坏了。生活指导老师是我的天敌，清田的品行肯定是没什么错漏的，难不成是我犯的恶事暴露了，他要来训我？或者严重点直接让我退学？

我正在盘算着，校长突然开口了，他严肃地说道：

"清田和小泽关系挺好啊，我还以为你们水火不容呢。"

他这是软刀子能杀人。我和清田唯一的交点就是百合。

　"我觉得你不是那种偷偷摸摸的人，直接去对方家里拜访才是你的作风啊。"

　校长转向清田，皮笑肉不笑地说道。

　"要是对方家长先找来，那就不好了。更何况人家还是咱们当地的名士的女儿、孙女。搞得教育长亲自到咱们学校来说这说那。"

　校长的话说得很明白，但是，为什么要让我也跟着在这听呢？生活指导老师马上就给出了答案。

　"我说小泽，教育长嘴里说出你的名字的时候我心脏都快停了。他说是你介绍清田和人家认识的，还说你是女孩家家庭教师的侄子，你什么时候有这么厉害的亲戚了？给我把话说清楚！"

　我顺势而为。清田没有错，只要我把能证明这一点的部分坦白了就可以了。校长和老师最关心的也就是这个。

　"她不是我婶婶。"

　"那是谁？"

　"她是我的女人。是她把人介绍给我的，我觉得不合适就介绍给了清田。我什么都没干，全是那个女人的事。"

仿佛是我抽出了一柄利刃，周围吓得一片死寂。校长和老师呆住了，好像是在拼命地思考。我心想，就你们的脑子，不用想也该知道啊，难道你们居然相信现实情况就是真实情况吗？

"校长。"清田挺起腰打破了沉默。

"和小泽无关。我不喜欢偷偷摸摸地交往，更不会瞎编自己的情况，我去对方家里拜访过，对方的妈妈和奶奶也很欢迎我，当时对方的父亲并不在家。您不应该听别人说一句话就把人往坏处想，这里面一定有什么误会。"

校长无言以对。听着清田迫不得已说出的话，我暗想，校长那个秃瓢脑袋里装的是豆腐吗？

"清田，大人都是这样的。嘴上说的和心里想的是不一样的，你应该知道的吧。"

清田马上说道：

"那校长现在说的和心里想的也是不一致的咯？您也觉得家境有差别什么的很荒谬是吧？那今天的事就到此为止吧。"

我心想，这家伙太厉害了。本来对方家长、教育长的介入以及校长的插手就是有违宪法的，就算清田和百合未成年，站在监护人和教育者的角度干涉他们交往也是不被日本宪法所允许的。只要抓住这一点就好办了。清田以自己正当的主张完全压制了本来也要以此为主张的校长。

"清田！你别胡搅蛮缠！人家说了根本就不在于贫富差距这种过时的观念，是你们价值观不同，长不了的。"

生活指导老师突然莫名其妙地低头了。向来以打学生为乐的人竟然也不是清田的对手。

清田太棒了！

"长不了吗？照这么说的话我连高中都上不了。价值观不同是阶级主义思想。您、教育长，还有找碴的家长，我会再跟你们抗争的，让你们输得落花流水！小泽，我们走！"

我们俩故意提高了声调，一起说道："我们先走了！"

有一幕我至今难忘。

我和清田一起走出学校，这辈子也就只有那么一次。我们走出校门的时候，值日的同学在二楼的教室里唱着"奖金，奖金，奖金兄弟"，我挥挥手朝他们做个鬼脸，清田则是快步走开。

在公交车站旁的电话亭，清田停下了脚步。我猜到了他的想法，从口袋里掏出了仅有的十日元硬币递给了他。

"她回家了吗？不是要参加社团活动吗？要是没在家你就把电话挂了，这种时候就不要跟她家里的人说话了。"

是台风要来了吗？潮湿的海风不断吹向山岗，天空也在低声嘶吼。

"我叫清田，请问百合在家吗？"

清田没有说自己是"青年交响"的人。或许他从一开始就没有用过百合教我的这套说辞吧。清田不适合骗人，即便这样做可以为两个相爱的人提供便捷，即便这是一个穷人生存下去唯一的武器。他依旧不愿意骗人。

电话在一瞬间就被挂断了，那一瞬间也就是接电话的人说一句"不在"，而后就把话筒用力扣回电话机上的用时。电话亭里的清田像是站在船尾的人瞬间被海浪吞噬了一般，扑通一下蹲在了地上。我以为他是贫血摔倒了，赶紧打开门。

狂风吹起的法国梧桐树叶像一道伤疤，贴到了抱着听筒蹲在地上的清田脸上。

他哭了。像婴儿在夜晚饿醒了一样号啕大哭。我在一旁不知所措。清田一边哭，一边呼喊着"百合"，那是他爱的人的名字。

"你给我站起来！"我脱口而出。没有别的意思，只是有感而发。

这个画面我一直记忆犹新。那是我第一次在这个脏乱的小城里见到如此纯洁的景色。如果我生在别的城市，是不可能有机会看到这么纯洁的爱情的吧。

那年秋天，清田在全国模拟考试中考出了全县第一名的成绩，只差一点点就能拿到全国第一。

校长兴奋地冲进广播室，亲自为全校播报临时新闻。莫名其妙，说得好像是自己的亲身经历一样，连清田的家境和拿助学金的事都说了，说到最后居然还哭了。

我心想，同样都是男人哭，原来混蛋和好人的差别有这么大。

230

当时我要是冲进广播室把校长揍一顿，估计就要被退学了。我现在一直在后悔当初没这么做。这并不是为了清田，而是为了我自己。

寒假，清田死了。

透过公寓的粉色电话，我听到了这个消息。当朋友说出第一句话的时候，我手里的听筒掉了。听到他告诉我这个消息，我感觉电话像是在漏电。

我恍惚地回到房间，妈妈像往常一样为晚上的工作做准备，"泥瓦工"今天也在，此刻正戴着老花镜看体育报纸。

"朋友死了。"

我尽量让自己显得事不关己，看着镜子中的妈妈说道。

"朋友？谁呀？"

不知为何，我迟迟说不出那个名字。好不容易说出"清田，清田亮二"后，妈妈也只是回了一句"啊？""泥瓦工"把老花镜往眼睛下滑了滑，用一种锐利的目光看着我。

　清田和百合的事，我只跟"泥瓦工"说过。我当个玩笑来说，他也只当个玩笑来听。不过这个久经风霜却能一直保持初衷的老头是会思考很多的。

　"就是我之前和你说过的那个。他和那个女生在雪地里殉情了。你能信吗？感觉跟明治时代似的。"

　没想到，妈妈听到后居然停下了涂口红的手。我推开北面的窗子，望向山岗上的白房子。那里现在应该已经乱作一团了吧，但是为什么那个房子看上去还能和往常一样？我很好奇。

　"不要紧吧？""泥瓦工"说道。

　"嗯，不要紧。"我答道。

　穷人为了平安不断说着的谎话，也就是这样的。

　清田死的消息居然没有传开，这太不寻常了。

　当时正值开年没几天，也就是五六天的时候。这对于想要隐瞒消息的学校来讲是再合适不过的了。学生们要么是在赶作业，要么是去滑雪，就算打电话通知，也就只有一半人能接到。有很多学生是在第三学期开学典礼的时候才知道这件事的，这也证明了消息第一时间没有传开的事实。

高中三年里，我听过两三次校长以"今天要向各位传达一个不幸的消息"这句话作为开场白的讲话，但是，清田的死却是个例外，一直没有被公开提及过。印象中班主任也没有向大家解释过。就算有人问过，估计也是那种不痛不痒的简单说一句而已。

大家最多也就是在清田的空位上放上些花表示一下。就像同病房的病人去世了，护士也只会说那个人出院了，没有人会追问。大家都知道是怎么回事，只不过，大家也都认同遗忘才是对死者的礼节。

更何况他们是殉情而死。这种事是很难被粉饰的，它和简单的自杀或者交通事故的分量是不一样的。就算是电影或者电视剧中的情节，一旦发生在自己身边，也不会有人觉得那是很美好的事情，最直观的感受只有死于非命的残酷。

所以哪怕是听别人说上一两句，也会赶紧当耳旁风忘了。谁都知道离开的病人是去世了，但是都会让自己坚信他只是出院了。在全是穷人的公立高校，这种事情早就习以为常了。学生们大多都会逃避现实，有些事，就当它根本不存在，这才是长久的处世艺术。

开学典礼那天，我被叫到了校长室。我从未感觉旧校区的走廊那么长，往后的日子，我就只能一个人走在这条像地道一样昏暗的路上了。也是从那一刻，我才真切地感受到清田已经不在了。

校长室里坐着一个和"泥瓦工"一样穿毛领工作服的人。"这是新潟县警察局的刑警。"校长像哄着我一样给我介绍了那个人。

刑警说，如果是被迫殉情的话，就算人死了他们也会把嫌疑人的资料送检。

事关死者的名誉，我一直在为清田辩护，但其实也都是照实说的。

警方的询问没完没了。刑警说即便不亲自动手，只要把意识强加给对方也算是强迫他人殉情。

"本人是这么说的。"

我"啊？"的一声。

"本人？谁？"

"哎呀，你不知道吗？"

百合还活着。比起清田的死，百合竟然还活着，我觉得这很没道理。但是刑警说，被迫殉情的百合被救回来一命，这是不幸中的万幸。

　　清田亮二的葬礼是什么时候，在什么地方，以什么样的形式举行的，这些我都不知道。

　　穷人家可能也就是在公寓里稍微吊唁了一下，再不然就是交给运河旁边的市营殡仪馆。每次路过运河我都有种感觉，清田的骨灰没有埋进墓地，而是被他那个酒鬼老子用手撒进了运河。

　　这种想法总是挥之不去，清田的一生是贫穷、无常且短暂的。

　　后来，我早起去给"泥瓦工"帮忙的时候路过商店街，看到送牛奶的人，我不是想到清田，而是觉得那就是清田吧。我总觉得没有了清田的小城更加贫穷了，仿佛失去了重心。

　　自那之后，我过了很久，直到成为人父，才能再接受牛奶的味道。

　　妈妈因为过量饮酒弄坏了身子之后，就搬去和"泥瓦工"一起住了。

　　她一直都觉得自己是个好女人，当然不会看上一个五十多岁还单身的小矮子。她不是吃不上饭，只是安于现状，不想再跟贫穷抗争了。

对我来说，比较庆幸的是漂泊一生的"泥瓦工"选择了入赘。我们搬了家，那块地皮原来堆的都是废弃物。我终于有了自己的房间和桌子，而且还不用改姓。

"泥瓦工"原本想让我接他的班，但是我高考落榜之后他就改变了主意，不让我再碰铲子、抹子之类的东西了。第二年，我考上了一所一流大学，后来还拿到了建筑师的资格。

再后来，"泥瓦工"在给我设计的房子刷墙时中风去世了。不，准确地说，他是在工序临近结束的时候中风的，凭借本能刷完了墙才去世的。

他临终前还把工作做得这么漂亮，我哭了，我开始觉得留在这个生我养我的小城里，把公司做大，用我的双手给这座城市刷上新漆也不错。有时，真实情况会比现实情况好得多，只要凭借精益求精的本能就可以在废墟中创造奇迹。这是"泥瓦工"教我的。

对了，最近还真的发生了这样的事。就在我的第一个孙子出生后不久。

近来不知是建筑材料质量不行，还是施工方式不对，要么就是工人手艺不行，总之甲方的抱怨层出不穷。没办法，我只能亲自到包工头的工地去查看。连工地上那些干粗活的人都说老板就是劳碌命，还有的说我是吹毛求疵。将来出了事故，责任都是我一个人的，这和劳碌命、吹毛求疵无关，穷命倒是真的。就是靠着这份不放心，我才能跨过不少困难，一步一步走到今天。

山岗上的白房子还是老样子。

不过，在山麓的小城已经看不到它了。我发家之后建起的高层俨然成了一道屏风，挡住了它。

不仅如此，山岗上的白房子还失去了它过去的象征意义。那片土地只剩下一座白色的公馆，其余的都被拆分卖掉了。之前作为市营公园的杉树林，在争论过后也向民众出售了，成了一块阶梯式的宅基地。

不过这年头房子不好卖，宅基地有很大一部分都转手给了我，就是现在包工头们施工的工地。

山岗上的白房子依然被那堵四季都开着蔷薇的墙围着。从我建起的屏风的缝隙望去，宅基地上"海一望"的广告牌显得太大了，但依然无法比拟蔷薇墙的美。

犹如家徽一般的大铁门前，站着一位气质姣好、撑着太阳伞的老妇人。

她是在听蝉儿哀叹逝去的盛夏吗？还是看墙上红橙

黄色的交错看得入迷?

但我总觉得她一直在那里等我。

"好久不见,你还记得我吗?"

我摇下车窗,像路过的知己一样说出这句俗不可耐的客套话。但我一时间确实想不出别的话来。

"我是小泽。"

我从车上下来,微笑着对她说。我与她之间并无什么恩怨。不是我失去了记忆,而是有关她的那些事情已经成了我心底的一个疙瘩。恍如青春的一幕回放,我激动不已。

我记得她并不是因为有什么恩怨。即便是有过喜欢和咒骂,那也不是对她,而是对她身后越老越显得尊贵美丽的、山岗上的白房子。

——"您再来多少次我的回答也都是一样的。"

没想到,我还能听到她的声音。

"不,不是您想的那样……"

她说的事与我无关。山岗上的白房子周围的土地开发已经结束了。只是看现场的时候我的穿着印有公司名字和标志的上衣。就连我的轿车上也印着让人感觉是在炫耀的公司标志。

——"再厉害的人来了我的意思也不会变，您请回吧。"

是我多虑了吗，此时她定睛看着我。只是在她老去的容颜里，只有气质，没有感情。

撑着太阳伞的她毫无敬意，带着一种可怜别人般的高贵行了个礼，转身走了。然后，她锁上了大铁门，走过车廊，消失在了玄关的大门里。

山岗上的白房子又回归了往日的寂静。烟囱里升起的白烟包裹着风向标，偶尔望去，只有生锈的它在俯视着我。

小泽君：

我和亮二现在在哪，准备做什么，你应该想不到吧。

正确答案是在上越线的夜车上，正月的头三天一过，路上都变得空荡荡的了。亮二正裹着一件薄薄的尼龙人衣睡觉。我跟他说马上就要永远睡去了，现在不要睡了，但是他好像太累了。这里挺冷的，我就把围巾借给了他，这样一来，这就睡在通往幸福的座位上了。

是的，其实这是封遗书。我自己写得也毫无头绪呢。

汤桧曾川全是雪。现在窗外也都白了。我觉得这里其实也不错，不过亮二睡着了。再过一会儿，穿过国境的长隧道我们就可以到雪国了。雪越深，夜越冷，死得越不痛苦。安眠药是我奶奶常备的药。

小泽君应该想不到自己会收到遗书吧。当然了，谁会想到呢。不过遗书只有这一封。

从很小的时候我就想死，而且是和自己喜欢的人在雪地中一起死。但是我没有男朋友，没办法实现愿望。无意中和家庭教师说起这些，她居然说要帮我。是她改变了我，对吧！

在小泽君之前她给我介绍了十几个人，但是都是大叔。这些人里也会有我愿意和他一起去死的人，不过我说出来之后他们就会对我一番说教。想来大叔是不行的。

所以在她把你介绍给我的时候，我心里就在想：就是他了。为什么那晚你不想要我呢？我到现在都想不明白。之前的那些人宁愿不吃饭也会先跟我那个。

说来，现在在我面前裹着尼龙大衣睡着的本应该是小泽君才对。现在说这些或许很奇怪，但是在你和亮二之间，我更喜欢你。

这，又变成情书了吧。要是小泽君该多好。

亮二很英俊，但是他太乏味了。我在上野站前等他的时候，他居然迟到了一个小时，我以为他不来了。结果听他说完原因之后我都惊呆了，他居然是写完寒假作业才来的。

不过我很感谢小泽君把亮二介绍给我，他是个不折不扣的好人。

我跟他说想让他和我一起死，他一点都不惊讶，也没有教育我，比那些大叔都要冷静，还问我为什么非死不可，是不是有什么烦恼。

我很感谢他，不过我的烦恼首先就是和谁一起死。

我也没办法啊，那些少女漫画的情节里都是这样写的。我跟亮二说我是被领养的孩子，每天都被欺负。他很同情我。我还在想着他会不会为我去死，结果有一天他突然跑到我家里来了，吓了我一跳。

我跟他说如果他说了什么不该说的话，我更会被欺负的，到时候我就没有立足之地了。他就像是来我家提亲一样，一点也不开窍。从那之后，我就觉得他是一个很危险的男朋友。我和妈妈还有奶奶都商量过，爸爸在出差，我就和认识的议员、律师商量。

大家都觉得很难办，但我一点都不这么认为。不被允许的爱情，把它变成罗密欧与朱丽叶那样的故事不就好了吗。

事情大概就是这样。对了，要是有人随随便便拆开了这封遗书就不好了。所以以防万一，我会把它封好，再把"小泽君收"这几个字写大一些。

剩下的就是祈祷亮二不要在关键时刻退缩。说真的，我最担心的就是这个，刚才我给他喝了加了安眠药的红茶。已经不能回头了，穿过国境的长隧道，到了雪国之后我就把亮二叫醒，走到没有力气，然后再把他拉进大雪中。

我应该是爱着亮二的吧。

或许，我并没有把他当作一个男人在爱。我也不清楚，我觉得恋爱不是这样的感觉。

不过，我还是有一点尊敬他的。这个人，完全不会说谎的。爸爸妈妈，家庭教师，对了，还有小泽君和我，每个人都在骗人，但是亮二不同，可能他从出生到现在就没有说过一句谎话。

所以事情才会变成这样的。

刚刚，车子已经穿过长隧道了。真看不出来这是深夜，大山、森林、房子、道路都是纯白色的。托你的福，我的心现在也是纯白的。

生长在山岗上的白房子家的我，肯定一直都在寻找比它的墙壁还要白的东西吧。

亮二的心是纯白的，这和纯白的雪太配了。好了，我该叫他起来了。

贺志子

＊

林海之人

＊

二十岁的时候，我有过一段神奇的经历。

我总觉得那段记忆中的某些情节似乎并非我亲身经历，而是在之后的日子里不断掺杂进想象的，所以到底哪些是真实发生的，我自己也不太肯定。比如说有关初恋的记忆，应该就是这样的。

就算是小说家，写出这样的开篇之后也多少要对读者和自己的文字负些责任的，所以我就去书房翻找那些堆在深处的物证。

考证过后再提笔继续写。

物证之一，是杜鲁门·卡波特的《蒂凡尼的早餐》（*Breakfast at Tiffany's*），我这本是比一般文库本要长一些的特殊开本。更让人佩服的是，它还是英文原版书。我到现在都不敢相信，一个没上过大学直接去自卫队当了陆上自卫官的我，为了应付考试居然把这本书读完了。书里到处都是查字典标注的红字，好不容易才看完。

物证之二，是陆上自卫队的通讯录。退伍的时候把这种东西带出来肯定是违反规定的，不过现在应该也没人追究我的责任了。

这个通讯录其实就是一个白纸横格的笔记本。上面印着樱花队章，我还在上面清清楚楚地写了自己的所属部队和品阶，这要是放到现在，也是违规要被追责的。

翻开本子看看你就知道我退伍的时候这个本子为什么不能上交自卫队了。通讯录的前半部分记录着我曾经监听到的电文，比如"〇一三〇小队在土屋台，东南五百有敌人，配有一辆战车，敌方有优势，请求紧急援助。"等在通信训练和部队演习时认真记录的紧急文件。

然而，通讯录的后半部分竟然都是用圆珠笔写下的小说。诸如"雪子生怕吵醒身边的男人，轻轻地掀开被子走下床，靠在细雪飘落的窗边。没想到，假装熟睡的恋人竟然一丝不挂地从身后抱住了她。"之类老土的情节，现在看来还会觉得脸红。就是这样的文字写满了半

248

个通讯录。

所以，我更不可能把本子还给自卫队了。有人说把这部分撕掉不就好了，但是二十岁的我还想着退伍以后把这些东西誊写出来给各类文学奖投稿呢。

不管怎么说，卡波特的小说以及那本满是让人泪目的通讯录，都是能证明我那些模糊的记忆片段是真实经历过的事实的证据。

那，就让我不加粉饰地探寻青春里的那次奇妙经历吧。

春日的暴风雨撼天动地般地袭来，看看窗外，我不禁疑惑天是不是还没亮。

卡车从东富士的营地出发，进入演习场地后，背着无线设备的通信兵每隔一段距离，就会在路边下车。

下车之后，迅速进入林海，然后开始通讯。当然，其间是禁止与民间通讯往来的。收队的时候大家再到各自下车的位置等待车子来接。

教官会诼一给每位队员下达同样的命令。他们说话会非常笼统，又不允许队员提问。所以有很多队员都是迷茫地敬个礼，然后就消失在林海中了。

这种演习并不是要取得什么成果，只是让负责侦察的通信兵切身体验一下在原始森林中孤立无援的状态。

那一带是点播很难传到的范围，就算是高输出的车载无线设备，如果不选好位置也是发挥不了作用的，小型的便携式无线机就更不用说了。所以，"迅速进入林海深处"的命令，其实就是让背着P10中队无线机的通信兵去搜寻信号可达的地点。

从各中队选拔上来的队员都要经过三个月的集训，掌握无线通信、有线架设、旗语、暗号、设备等专业技能。

脑子不好使的人当然不能胜任，就连口音重的人也不行。除了个人必备的装备之外，每个通信兵还要背着十公斤重的无线机，所以体力差的人也不行。

集训过后各自返回自己所在的中队，每次演习时才会接到命令。所以这个兵种就像步兵部队中的机关炮手一样，是个很费力的角色。

就算是瓢泼大雨，大卡车也不会罩上车篷，铁支架都被风吹倒了车也不会停下。卡车、迷彩服、脸上涂的油漆都要按照实战标准来操作。

一想到"禁止与民间通信"的命令我就觉得奇怪。我们这样的装扮，老百姓怎么可能会靠近。如果看到他们，我们也会赶紧跑开。不过这种台风登陆必经的地段，路上连个车都没有，民宅和商店更是找也找不到。

而且，我更在意的是收队。首先，我能不能接收到收队的命令还是一回事。就算有信号，让我走回下车的地点我也是没什么信心的。这周围都是郁郁葱葱的密林，连个能作为标记的东西都没有。其次，收队的命令什么时候下达？是几小时之后还是几天之后？演习本来就是假定战斗状态，有这个前提在，就不会把预先做好的计划告诉队员的。

我们披着雨衣，肩上的挎包里装着野战时必备的罐头和干面包。出发前会有人检查我们的装备，私人食物和金钱都会被收上去。不过我夹在通讯录里的卡波特小说没有被搜到。在这种不知道什么时候才能结束的孤独状态下，有一本书能读真是万幸。

我下车的地方是高速公路边，和其他通信兵都相距甚远。教官向我下达了和别人同样的命令，再听我复述一遍，而后大卡车就疾驰而去，撒手不管我的死活了。

　　大雨下个不停，我在雨中站了一会儿，努力记住周围的风景。高速公路笔直延伸，要说周围有特征的东西，也就只有花期较迟，向着电线生长的玉兰花枝。风越来越大，吹得整片林海都在摇曳。

　　教官的身影消失在视线范围之后，我摘下钢盔，脱下迷彩服，连同披在身上的伪装芒草也一并扯下了。然后扛起步枪，背上所有装备中最笨重的无线机朝密林深处走去。

　　每走一步，靴子中都会发出哼唧哼唧的声音，让人更加不快。我没有带帐篷，仅有一条为露营准备的毛毯，现在重得我也想扔掉。

　　环顾四周，层层密林无边无际，让人看着眼晕。刚走进来的时候我还可以沿着针叶树树枝延展的方向辨别哪边是正南，但走着走着就完全迷失了方向。

　　先不管这些，我必须找到一处可以顺利发出信号的地点。出发前我们都对好了调频，只要能收到信号，对讲机里的杂音就会停止。可是我越往前走，别在雨衣肩膀上的对讲机里杂音越大。

　　每个人都会思考自己当下在哪，在做什么，换句话说，就是对自己的存在产生怀疑。我生来就不是那种思考哲学层面问题的性格，但是此刻，我却开始想这些东西。我到底在这种地方干什么，又是为了什么背着大铁箱和枪像个落汤鸡一样徘徊在密林里？

平日的生活都是在营地里，每个房间都有十个人，训练也好演习也好，都是以小队或者中队为单位行动，只有在深夜站岗的时候队员才会单独行动。所以我根本就没有体验过孤独的状态。因为不习惯，所以心中的怀疑就会一直缠着我。

我遵从命令向林海深处进发。不，确切地说，我是在尽量保持不误入密林深处的前提下，尽最大努力按照命令行动。对讲机里的杂音忽强忽弱，为了调整它，我到处走，最终彻底迷失了方向。最开始的针叶林也变成了杂木林，地面是一层厚厚的青苔和蕨类植被，足有一床被子那么厚。

落雨的云层还在林海上空盘旋。如果身边是松树或者杉树，那还能遮点雨，但此刻身边的是刚开始抽芽的杂树，顺着没有叶子的树枝上滑下来的大雨珠不断打在我的钢盔上。

我在林海中徘徊了几个小时，正午过后终于收到了

253

司令部传出的信号。

——"我是CP，收到请回答，完毕。"

微弱的声音伴随着杂音传来了。我按下对讲机的按钮回答道：

"CP，CP，我是狐步，这里有信号，完毕。"

其他的通信兵也纷纷报上自己的代号"阿尔法""布拉伯""查理""三角洲"……F自然就是我狐步（fox trot）的简称，NATO则是部队共通通信的代号。

——"收到，感应到狐步的信号，信号较差，迅速调整，完毕。"

我把枪立在能收到信号的地方做个标记，来回寻找杂音稍微小一些的位置。不过只有刚才那一个点能收到信号，稍微偏离几步对讲机里就全是杂音。我回到原来的位置，把无线发射机放下，屏住呼吸小心地波动调频的指针。

在偏离规定调频很大一个数值的时候，杂音突然消失了。

"CP，CP，我是狐步，信号怎么样？完毕。"

话音刚落，教官巨大的骂声就震到了我的耳朵。

——"太慢了！你干什么吃的！报告位置！完毕。"

现在的位置我自己也说不清楚，地图就如同一张白纸。从哪，怎么走到这里的我也不知道。不过不要紧，教官应该也知道，现在只不过是通信训练，只要随便回答一下就可以了。

"CP，我是狐步，我现在所在的位置是高速公路以南五公里，附近有一块巨大的岩石。完毕。"

——"我是CP，狐步现在所在的位置是高速公路以南五公里，附近有一块巨大的岩石。收到，有无异常？完毕。"

"我是狐步，没有异常，完毕。"

——"我是CP，狐步在收到命令前就在现在的位置待命，信号从一七〇〇切到五〇〇，收到了吗？完毕。"

"我是狐步，原地待命，信号从一七〇〇切到五〇〇，收到。"

我放下对讲机，坐在青苔上。

切信号其实就是切断无线发射器的电源，断绝一切联系。无线和有线通信不同，更容易被敌人监听，所以部队在行动的时候经常会下达切信号的命令。不过现在这种情况，多半是为了节约电池的电量。

　　这样一来也就说明这次的演习应该明早就会结束了。

　　集训的第一个月是学习基础知识，第二个月就是基础知识的应用，到了第三个月，就会进行假定战斗状态的演习。估计这次演习的剧本应该是这样的。

　　深入敌营侦察的通信兵全部战死，只有一人幸存。孤立无援的通信兵藏身于密林深处，继续向司令部报告敌情，完成使命后再撤离战场。

　　我不知道司令部的营帐里正在发生着什么，作为一个不明缘由就被安排进林海深处的士兵，我能做的只有等待解除切断信号的命令，祈祷明天收到的第一通呼叫是"状况解除，即刻收队"。

　　教官刚刚之所以那么严厉应该是已经确定了其他队员的所在地了吧，看来只有我一个人在收不到信号的地方徘徊。

　　我拿出用塑料布包着的烟，用手挡着雨点着火，稍微休息一下。

　　林海中大部分地方都是平坦的，唯一能接收到信号的那一点却是个洼地。一般情况下，位置越高对于接收信号来说越有利，但这个坐标着实是个谜。

不过还真的有一个点，就是我向司令部报告的那个大岩石。长满苔藓的大岩石咕噜咕噜滚到这里，落在洼地中央，像一块神圣的巨岩矗立在当中。我好奇它到底是什么时候被搬到这里的。这块巨岩比我还要高出几倍，我好奇它上面是不是祭祀着神明。在巨岩的四周，还盘根错节地生长着许多黑松。

莫非，太古时期富士山里喷出的这块巨岩有什么特殊的磁场，可以吸引信号？若不是这样，遮天蔽日的枝干下，只有锅底一样的洼地正中心能收到信号，那不是太不科学了吗？完全无法解释。

抽完烟，我把无线发射器放在洼地中央，向后退了退。想要避避雨就只能紧靠在巨岩下边了。毕竟只要稍微移动一点点距离，无线发射器就没用了。

我想把枪当作拐杖，撑住身子让我能靠在巨岩上睡一会儿，但是我太冷了，就连书都不想看了。我全身湿透，呆呆地看着眼前这片绿色的世界。

其实这种粗暴的演习在事先是有排练过的。

当时是从市谷的驻军基地出发，把通信兵放到神宫外苑的各个地点进行无线通信的训练。当初跟我们说是为了确保灾害来临时通信网的畅通，但其实就是为日后搞大型野战通信演习做彩排。

因为训练是在东京市内进行的，所以枪自然是不能带的，钢盔也换成了工地施工时戴的安全帽。估计过往的行人都以为我们是电工或者修下水道的。

充当司令部的大卡车就停在绘画馆前，用车载无线发射器和分散在各地的通信兵手里的P10无线机进行通信。上午大家就用明文直接收发信息，中午回到市谷吃饭，之后再返回各自的地点，下午就改用密码本上的暗号进行演练。

能从基地出来放一整天风，其他队员都高兴坏了，但是这个训练对我来说就没那么好过了。

顺便一提，我是少有的本地队员，当时很奇怪，自卫队里几乎没有家在东京的自卫队员。

教官是不会为我一个人考虑的。如果演习的地点是在札幌的大通公园，我会轻松很多。结果偏偏是在青山道附近，大卡车把我扔在银杏并木就走了。

一年前我还把车停在这跟朋友们去蹦迪，他们都不知道我加入了自卫队。估计茶余饭后还在议论那家伙到底去哪了。

　　早晨，老人们牵着狗在这里散步。中午，上班族会坐在长椅上休息。到了下午，学生和年轻的情侣们就会从这里经过。所有这些过客都让我心里很不舒服。

　　我报名参加自卫队的动机说起来很奇妙。报名的前一年，我崇拜的小说家自杀了，他选择结束生命的地点就是自卫队的市谷驻军基地。一直想成为小说家的我连想都没想，就由着自己一时兴起，不管不顾地报名参加了自卫队。

　　父母和兄弟都不明白我是怎么想的，极力想让我改变主意，我不听。问我为什么，我也没法解释。不光是家人，就连自卫队的面试官问我，我都没有说。

　　就算再不管不顾，要和女朋友分开我还是舍不得的。想到当时的女朋友好几次挽着我的胳膊散步都是在银杏并木，我心里就更不好受了。

　　吹过的风、垂下的樱花树、绘画馆的球形屋顶和空中回廊，所有的东西都没有变，只有我一个人变了样。我好奇这到底是为什么。

　　这个不管不顾的决定确实让我学会了一些切实的东西。但是身体上，本来健健康康、举杠铃毫不费力的我，在适应规矩众多的部队生活过程中却适得其反。

所以，根本不是碰到熟人该怎么办的问题。而是周遭的一切都如故，只有我一个人变了，以及要怎么解释这个矛盾点，才是困扰我的大问题。

事实上，当时我的人生轨迹已经落定得十有八九了。

服役期满我就可以升为预备陆上中士，捧着这个铁饭碗一直干到退休。

或者中途复习复习，上个夜校，出来后升为一般预备干部。没准还能赶上什么有利的政策，考个防卫大学，顺势出人头地也未可知。

不管怎么说，我和那个想当军人的小说家都是背道而驰的，想成为小说家的我先当了军人。

我很清楚自己的未来十有八九是这样的，但就是因为知道这些，才放不下那十中一二的想法。一直在迷彩服的口袋里藏一本文库本，还在通讯录上写爱情小说。

可以说，当时让我怀疑自我的苦恼就是这些。

神宫外苑悲惨的一天结束了，面对走过身边的示威队伍，我丝毫没有意识到危险，就径直地看着他们。我像个亡灵一样站着，在戴着安全帽拿着铁管的他们面前，我连思考会不会被他们当成敌人的心思都没有。

—— "我是CP，狐步，收到请回答，有信号吗？我是CP，狐步，收到请回答，完毕。"

切断信号的命令刚一解除，通信就开始了。昏暗的森林像沉浸在牛奶中一样生起了一片浓雾，让人睁不开眼的大风大雨已经过了，但蒙蒙细雨还在不停地下着。

我拿起对讲机答道：

"我是狐步，有信号，完毕。"

—— "我是CP，现在时间〇五〇〇，发送信号，收到了吗，完毕。"

我打开通讯录，昨天趁着天还没黑，披着毛毯看了看卡波特的小说，看腻了就开始码起米粒大小的字，写写爱情小说。吃了冷罐头，冷得睡不着，大脑一片空白就无所事事地把干面包也都吃了。

"我是狐步，收到，完毕。"

信号比昨天好了很多，是司令部移动了位置？还是因为暴风雨过境了？

我以为马上就要下收队的命令了，结果坏心情来得都要赶上信号发送的速度了。

——"我是CP，狐步的退路被敌军阻断，接到其他命令前在原地待命，完毕。"

这句话的意思不是收队，而是情况还在持续中。我什么都没想，吼道：

"什么？还没完吗？"

——"有情况，有情况。"

通信员像是在哄我，不停地呼叫我。我不知道那是谁，无非就是在司令部的营帐里担任通信的战士，隶属于总部管理中队的通信小队。三个月的时间里，他们担任我们的集训助教官，一直在折磨我们，我从那个时候开始就看不惯他们。

"别废话！还没完吗？闹呢吗？！"

——"有情况，有情况。"

"我不干了！你们别太过分！"

不出所料，一直在监听器里听着我们对话的教官抢过对讲机。

——"我是CP，你聋了吗，没听到有情况吗，你犯什么傻！完毕。"

我转变了措辞，但愤怒并没有平息。

"我是狐步，什么时候收队？完毕。"

——"我是CP，重复一遍，狐步的退路被敌军阻断，接到其他命令前在原地待命，收到了吗，完毕。"

"我是狐步，没收到，完毕。"

——"你给我安分点！有情况！完毕。"

"我想请问教官，有情况的就我一个人吗？完毕。"

——"怎么可能呢，你傻吗，完毕。"

"对，我傻，总之我现在快要冻死了，请尽快下达收队的命令。没信号了，在接到其他命令前我会在原地待命，完毕。"

如果是同中队的长官，我肯定不会顶嘴的。但是在我这个步兵看来，总觉得刚才那些技术兵种实在是太弱了。

情况解除后我肯定是要被批评的，不过我是从其他中队抽调过来的，他们也不可能跟我动手。我在原中队早就被那些脾气暴的人教育惯了，光是言语上的批评对我来说都是不痛不痒的。

出言顶撞他们的大概不止我一个人吧。看不起通信小队的教官和助教的队员们，估计都在森林的各处发着和我一样的牢骚。

或许是因为这个，不，恐怕是对我们无声的惩罚，我怎么等都等不到收队的命令。

时不时地还会有故意挑事的信息传来。

——"我是CP，敌人正在狐步撤退的道路上埋地雷，原地待命，收到了吗？完毕。"

——"我是CP，救援部队遭遇敌军，全军覆没，继续原地待命，收到了吗？完毕。"

——"我是CP，侦察情报称狐步已被敌人包围，不要用火，收到了吗？完毕。"

刚开始我还认真回复，到后来就纯粹是应付地说一句"收到"。这些人估计是在温暖的帐篷里吃饱喝足了，我们不老实他们就会一直发布情况。

雨还在下着，第二天也快结束了。这个时候我的对讲机里传来一个不是CP的声音。

——"我是激光，请回答，完毕。"

我答道：

"我是狐步，有激光的信号，完毕。"

林海某个地点的"激光"也有着相同的感受，所以他不顾司令部的规定私下联系其他通信员。当然，私自变更调频也是违反规定的。

——"我是激光，狐步是谁？算了，是谁都无所谓，我是对所有人说的。大家不要再抱怨了，CP就是故意的。要是坚持到明天，真有可能死人的。收到了吗？完毕。"

"我是狐步，我已经不搭理他了，他是傻吗？我都快冻死了，完毕。"

——"我是激光，坚持住。保持电量，就快要收队了，收到了吗？完毕。"

"收到，收到。不知道你是谁，你跟大家也说一声。啊，我快饿死了。没信号了。"

这段违反规定的对话被司令部监听到了，不一会儿教官可怕的声音就传来了。

——"我是CP，全员紧急情况，激光和狐步遭遇敌军，小队全军覆没。现在时间一七三五，到明早〇五〇〇前切信号，现在切断电源！"

处罚的决定下来了。现在切断电源的话，电量应该能维持到明早。因为我和激光违反了规定，作为连带责任，收队推迟了一晚。

切断电源，我叹了口气，仿佛生命已经枯萎了。在一望无际的林海深处，三十个接受了无理命令的通信兵或许都在发出同样的叹息。

夕阳西下，森林里再次升起浓雾，就连夜晚的黑暗也被雾气染白了。

昨晚没有飞出来的蝙蝠此刻正在我头顶盘旋，低得快要贴上我的钢盔。周遭时不时地还会传来几声不知是熊还是猴子的叫声。

我不想被熊吃了死在这里，于是我便把刺刀装在枪上。这里不是演习场地，所以我们都没有带子弹。

第一晚倒没觉得怎样，这毫无防备的第二晚竟如此恐怖。暴风雨已经退去了，眼下的生存条件却更差了，这种恐惧感莫非是因为疲劳和饥饿才产生的吗？

我靠紧巨岩，怀里抱着装了刺刀的枪。就这样在半梦半醒间恍惚地度过了第二晚。

夜里每次醒来我都在疑惑，我是谁？这是哪里？就算我的未来基本已经注定了，可眼下这种情况还是很难让人放心。

搓着冻僵的身体，我还在想这绝对不是我。

故事讲到这里并没有什么特殊的事情发生，古往今来，只要是体验过军旅生活的人，谁都会有一两次这种程度的经历。

这种不怎么稀奇的事之所以没有传开，是因为大家连想都不愿意想。物质生活越丰富，就越觉得以前经历过的那些部队训练是反社会的举动。也就是说，我说的都是极贫穷的时代的事，听着像是一次犯罪过程的坦白。如果听上去没有这种感觉，也没有经历过恐惧的当事人，是很难想到把这些当作谈话素材的。

更何况我的情况还不一样。我刚刚已经说了，我和其他队员的入队动机有些不同，那个愚蠢的理由还让我后来的发展适得其反，所以之后也就忘了那个不纯的动机了。从小就一直向往的当小说家的梦想在心底行将逝去的时候，能让我坚持和自己的命运走向做抗争的，就只剩下卡波特的小说和魔咒一般回荡在心中的爱情故事了。因此，我把到刚才为止经历的那些反社会的事情尽量阐述得不那么反社会、不那么复杂，是因为如果那么说了，那我按照顺序讲后面的事的时候大家就无法理解了。或者说如果不这样，那我从后来幸运地成为小说家这一结果反推过程时，情绪和故事就不连贯了。

我小时候读过的一个故事中死者抓住的蜘蛛丝无情地断了，于是死者又掉回了血池地狱。（译者注：故事原内容参考芥川龙之介所著的《蜘蛛丝》）如果他在向上攀爬的途中没有回头看，直接安然无恙地爬到了极乐世界的莲池边，那么故事在这一瞬间就失去了寓意，也就有了破绽。

现实与虚构之间存在着本质性的巨大差别，所以我这段经历中最重要的"神奇的部分"以前一直都没有办法对人言讲，也一直没能写成小说。

这么一想，"如果人生能重来"这个小说题目就像是从地狱顶端闪着光滑下的蜘蛛丝一样了。

想到这里，我内心有个声音嘟囔了一句"太棒了"，然后我紧紧地抓住了蜘蛛丝。

黎明前夕，绿色洼地的白雾中隐约有个人影。

蒙蒙雨还在下着，我靠在巨岩的青苔上眯着。

我以为会是和我处境差不多的通信兵战友，但是想了想，又累又饿的我连起来小便都懒得动，他们怎么可

268

能还会在林海里乱走呢。

难道是司令部反省了一下，觉得演习过了头派人来救援了？

那个人分明是认识我的，但是不知道为什么他就一直站在洼地的边沿上，也不说话。

这种情况下按照规定我们应该端起枪问对方是谁。盘问三次无应答的话，我是可以刺杀或者射杀他的，这是我们的准则里明确写到的。太平盛世下都是如此，其他情况就更不用说了。

此刻的我一点精神都没有，脑子里真的认真在思考，干脆直接举着刺刀上前刺他，或者等盘问三次没有回应再开枪射杀他算了。

来的是教官也好助教也罢，就算在这种关头，他们要是知道了我是谁，那估计不上来杀了我也要把我打个半死才能解气。所以我决定就在这装死，半眯着眼等着，等他走到近前我在扑上去制服他。

过了一会儿，那个人影终于从边沿上下来，走下斜坡。洼地里都是太古时期从富士山口喷出的岩石，还有不少枯朽的树枝树干，如今都被厚厚的青苔覆盖了，人很难走。透过微亮的浓雾，我看到那个人影跨过一个个障碍在向我逼近。

我意识到他并不是士兵，就算是一般的通信兵，动作也要比他敏捷得多。那他到底是什么人，我的脑子突然不动了。

我想到了不能与民间接触的命令，但是眼下这种情况，什么命令不命令，经验才是第一位的。

世界各国有通用的共识，遇到这种情况不管是出于保护所带的武器还是出于防间谍的考虑，士兵都要避开平民。除此之外，自卫队还有一条奇怪的道德准线，就是避免与社会产生摩擦。

可是现在，我连悄悄避开老百姓不该出现的地点的力气都没有。

我终于看清了那个人影。他戴着毛线帽子，也不知道他怎么到这里的，浅褐色的雨披上全是泥。脸上长着没有修剪的胡须，活脱脱一个无精打采的中年男人。

不用想我也知道这个男人为什么在这种时候出现在这里了。密林可是自杀频发的地方。

——"你不要紧吧？"

那个男人问靠在岩石上眯着眼睛的我。

我没回答他，而是站起身，抱紧了怀里的枪。

应该我问你才对吧。被一个来这找地方寻死的人这么问，我心里不痛快。再怎么样我也比你要好吧。

——"那个，我在这看了你一会儿，还以为你已经死了。"

我没说话，并不是出于命令和道德层面的限制，而是因为我不想跟一个要死的人有什么关系。我总感觉如果我随便跟他搭话，附身在他身上的死神就会转移到我身上来。

——"你的工作很辛苦，不过不要紧，你还年轻。"

男人附身叼起烟，又向我递来一支说道："来一根吗？"我的烟都抽完了，没说话，点了点头接过他递来的烟。他用满是泥的手护住火柴的火，先点着了我的烟，再转回去点自己的。借着火柴微弱的光，我看到他的侧脸透露着静静的绝望。

男人享受地抽完一支烟，突然想起了什么，低头从大衣口袋里掏出一小瓶威士忌。

——"你也来一口吧。"

我没有说话，摇了摇头。

——"也对，你还在工作呢，那我喝了。"

"你死吧！"我心中暗骂。

他是想让我当他最后一个聊天的对象，还是想让我把他挽留在这个世界？这个男人就是不肯起身离开。

忽然，我想到了那个自杀的小说家。就没见过有人选择那么夸张的死法。用一声爆炸把生命粉碎，爆炸的冲击波却把一个毫无关系的文学少年吹到了这里。

眼下，一个男人却要用一种俗气又冷清的方式死去。我偷偷看他，他像是对尘世间还依依不舍，大口大口地喝着威士忌，又点着一支烟。

手表上的指针跳到了五点。我毫不理会眼前这个男人，站起身向洼地的中央的无线发射器走去，然后接通电源。

——"别！"

那个男人恳求地说道。当然，我并没有想要劝他别自杀，更不会为他请求什么救助。

"CP，CP，我是狐步，现在时间〇五〇〇，切电解除，有信号吗？完毕。"

司令部像是一直在等着我的信息一样，马上传来回音。

——"我是CP，收到狐步的信号，信号质量良好，接通电源，收到了吗？完毕。"

　　我取出别在腰带上的通讯录。读了一半的小说掉在青苔上，书页像鲜花盛放一般随风翻动。

　　——"我是CP，狐步立刻撤离现在的位置，集合时间〇五三〇，情况解除，收队。收到了吗？完毕。"

　　我将电文写在通讯录上。

　　"我是狐步，收到，现在关闭发射器。"

　　终于熬过了两天，我开始准备回去。卸下刺刀，装进刀鞘，背起无线发射器，又叠好毛毯扛在肩上。

　　我重新系了系靴子的鞋带，这时，那个男人拾起卡波特的小说递到我面前。

　　——"东西忘了。"

　　我第一次开口回答他。

　　"我不要了。"

　　这本书我还没看完，但是淋了雨，纸都皱了。

　　——"不行，拿回去！"

　　男人像是在命令我一样说道：

　　——"还有这个。"

　　男人在书的封皮上放了　个纸袋。我打开一看，里边是已经压扁了的夹心面包。

　　我背起满身的装备向密林外边走，没走几步就迫不及待地把面包塞进嘴里。回头望去，男人正笨拙地跨过那些被青苔覆盖的树木枝干，踩着泥泞的地面，一步一步地朝洼地的另一面走去。

我咀嚼着食物目送他离去的身影。咽下肚子的面包就好像在肚子中生起的火焰。

突然，我有了一个出奇的想法。准确地说不是我想到的，是突然出现在我脑子里的。就像天上掉下来一块黑色的灾厄石头，哐一下砸到了我的钢盔上。

这个男人可能不是来自杀的，他可能是未来的我吧。

想到这里，我鸡皮疙瘩都起来了。那一瞬间，我感觉比看到他喝下毒药死了还要恐怖。

在林海的深处，时空产生了错乱。二三十年后厌倦人生想要自杀的我意外地遇到了现在的我。想到这里，我突然觉得那个拨开藤蔓离去的背影和我好像，他说话的声音和动作都跟我一模一样。还有，向来都比较内向的我如果被逼到非死不可的地步，那也肯定不会切腹的，而是像那个男人一样，不留遗书和一言到密林深处藏起来。

男人的身影已经消失在了迷雾中，应该已经跨过洼

274

地走到了山脊的另一侧。眼前，树木的枝叶像一块帐子，挡住了一切。天空中，早起的鸟儿已经开始鸣叫。

"喂！"

我呼喊着那个男人。可是密林中含混着细雨，声音是传不远的，刚说出口就变得含糊不清了。

"喂！喂！"

我不停地呼喊着。心中的恐惧愈演愈烈，我转身飞快地向林外跑。他没有回应我，可能是已经穿过时间的结界，回到二三十年后的林海中了吧。

我在林中完全找不到方向，胡乱走了一阵之后，眼前出现了一条窄窄的林间小道。一路上无线机都是杂音，到这里却突然传来了人声。

——"〇五三〇，情况解除，各位队员回高速公路等待车辆到达。三角洲、狐步、宾馆、激光，报告你们现在所在的位置，收到请回答，完毕。"

信号不是从司令部发出的，应该是接通信兵的车载发射器传来的。队员们大部分都上车了，只剩四个人还卜落不明。

我在小路的入口听到有人怒吼。

"我怎么知道我现在在哪，你傻吗！喂！听见了吗？我是激光，停车拉警报啊！"

还好，高速公路的方向传来了警报声，回应着激光的吼声。

筋疲力尽的激光出现在了泥泞的小路旁。他是个老上等兵，没想过要晋升陆军中士，就一直在部队服役。

"喂，还活着呢。"

他挑起钢盔，露出一口洁白的牙。

"嗯，万幸。"

我回头望望林海深处，不知道该不该和他提及我遇到的那个男人。

"累死了，你还好吧？"

激光的话正好堵住我的嘴。

随后我们一起走在比青苔还要泥泞的小路上，循着警报的声音离开了林海。

雨不知不觉间停了，树影间透过几道春日的阳光，洒在了我们前行的路上。

这段神奇的经历，我至今都没有对人讲过。

我想讲，但是听的人应该也会对我看着人赴死的行为感到疑惑。

不过我到现在为止都不认为林海中的那个男人是除我自己以外的任何人。对此我深信不疑，所以我也就没办法跟别人说这件事了。当然也就不存在什么后悔见死不救之类的事情了。

这件事就一直埋藏在我心底，到现在我已经过了那个男人遇到我时他的那个年纪。我一直有种预感，总有一天我的命运也会和他一样。不过，在那之前我也已经经历过几次苦痛了，现在也已经年过半百了。

话说回来，二十岁的那天，是不是应该算是佯装不知地躲过了一个正在寻求救命稻草，渴望得到帮助的人呢？

不，不是！就算我再累再饿，没有精神也不可能想象出来对方是未来的自己这种白日做梦的事情。

所以，这样解释如何。

在林海的那天，时间发生了错乱，而错乱的不只是时间，还有我周围的环境，所有的一切都是抽象的，与我周遭的真实情况是不一样的。这样一来就不觉得有什么奇怪了。

听到小说家去世的消息大为震惊的我一股脑地进入

了他死去的地方，完全迷失了自我。这一切或许都是命中注定的。

偶尔迷失在苍茫的森林中，熟睡时，自己未来的灵魂附身，告诉我再坚持一下，前面就会有我应该有的人生道路。

这样解释就完全合理了，而且我也不会受到良心的谴责。那件事之后的第二年，我就改变了主意，从容地退伍了。

我放下笔，伸开双腿放松一下。抬头望去，这些年我繁殖出的那些书挡住了我的视线。

自己写的原稿也好，印刷前的校验稿也好，就像远古的青苔一样盖住了书房的地板。

无边的想象闪过又消失，这里看似杂乱，却意外地让人觉得清净。这是一片故事的林海。

（全书完）

图书在版编目（CIP）数据

晚霞映天使 / （日）浅田次郎著；七语译. —— 南京：
江苏凤凰文艺出版社，2021.10
ISBN 978-7-5594-6202-2

Ⅰ.①晚… Ⅱ.①浅… ②七… Ⅲ.①短篇小说 – 小
说集 – 日本 – 现代 Ⅳ.①I313.45

中国版本图书馆CIP数据核字(2021)第160640号

著作权合同登记号　图字：10-2021-278

晚霞映天使

（日）浅田次郎　著　　七　语　译

责任编辑	周颖若	
特约编辑	吕新月	
装帧设计	吉冈雄太郎	
出版发行	江苏凤凰文艺出版社	
	南京市中央路 165 号，邮编：210009	
网　址	http://www.jswenyi.com	
印　刷	北京盛通印刷股份有限公司	
开　本	787 毫米 ×1092 毫米　1/32	
印　张	9	
字　数	140 千字	
版　次	2021 年 10 月第 1 版	
印　次	2021 年 10 月第 1 次印刷	
书　号	ISBN 978-7-5594-6202-2	
定　价	58.00 元	

江苏凤凰文艺版图书凡印刷、装订错误，可向出版社调换，联系电话025-83280257